大活字本シリーズ

明野照葉

宿敵《上》

埼玉福祉会

宿敵

上

装幀　関根利雄

目次

宿敵

月を撃つ

1

ビルの隙間の闇空に、丸い月が笑っていた。

甲州《こうしゅう》街道、通称新宿《しんじゅく》通りでは街の灯りに霞んでしおれてしまっていた月が、道を一本うちにはいっただけで、急に色濃く大きくなって見えていた。黄色い月の顔の上を、薄い雲が影のように流れていく。

月に叢雲《むらくも》……今村京《いまむらきょう》は、天を仰ぎながら呟いた。まさにそんな感じの朧月《おぼろづき》だった。

新宿通りより一本うちがわ、住所でいうなら、四谷左門町《よつやさもんちょう》になる。左門町から新宿通りを西へ三、四百メーター行った四谷四丁目の交差点が昔大木戸《おおきど》のあったところだから、交差点の向こうは既《すで》に江戸《えど》の外になる。左門町は辛うじて江戸、昔は武家屋敷が多く建ち並んでいた地域だ。その名残りだろうか、木造平屋の古い屋敷、神社、仏閣、細い路地……今も界隈《かいわい》には、時代からちょっとおいてけぼりを喰った感じの風情がそこここに嗅ぎとれる。

京がこの町に移り住んでから五年が経《た》つ。住んでいるのは、できてから二十年近くになろうかという四階建てのマンションだ。引っ越してきた当時と比べても、ずいぶん煤《すす》けてくたびれてしまった。

マンションのある横丁まできて足をとめ、京は再び夜空を見上げて月を仰いだ。ここで暮らすようになってから、幾度夜更《よふ》けにこうして月を仰いだことかしれなかった。ぼんやり月を眺めていると、すいと時の垣根がとり払われて、江戸の世の隣人と、肩を並べて月見をしている心地になる。おのずと口から吐息が漏れる。

所詮《しょせん》私は田舎者なのかもしれない、と京は思う。長年東京に住みながら、未だ本当には東京に馴染めずにいる――。

故郷の小樽《おたる》で過ごした時間が十八年、東京にでてきてからの時間が十八年、京の心の中に薄ら寒い風がかすかに流れだしたのは、それぞれの土地で暮らした年月が、ちょうど半分半分になった三十なかば頃からだった。今では東京での時間の方が、二年ばかり長くなりつつある。

生まれ育った家は、小樽駅から急な坂をまっすぐにのぼった富岡《とみおか》というところに今もある。父と母とが相次いで鬼籍にはいって以来住む人もなく、ひたすら風雪に晒《さら》されている。帰りたい、時に強くそう思う。けれども、迎えてくれる人がいなければ、家などどうせ脱け殻のようなものだと、諦めを含んだ心で京は思う。魂のない仏みたいなもので、今更《いまさら》帰ってみても、心虚しくなるだけに違いない、と。

月に向けていた顔を前に戻し、歩きだしかけた京の目に、蜜柑《みかん》色の小さな灯りが飛び込んできた。古いビルの角《かど》っこで、男の易者が机の上の四角いぼんぼりに灯《ひ》をともらせて、一人ぽつねんと坐《すわ》っていた。場違いだと思った。客を捕まえようと思うなら、路地裏などでは話にならない。そう思いながらも、気づくとぼんぼりの灯りに惹き寄せられるように、易者の前の椅子《いす》に腰を下ろしていた。

「金運、仕事運、恋愛運……何を見て差し上げましょう」

易者は言った。

さあね、と面白くなさそうに京は答えた。

「何だっていいわ。これといって見てほしいことなんか、べつにありゃしないんだから」

京の言葉に嘘はなかった。さほど金運がある方ではないことぐらい、自分でもとうの昔にわかっていた。それでも今は荒木町《あらきちよう》にまがりなりにも店を持ち、日々食べていくぐらいの金は稼げているから文句はなかった。男はたくさん、もうこりごりという心境でいる。恋愛運など、今更見てほしくもない。

店によくくる木塚《きづか》という客は、酔うと「ものの弾みで生きている」と、ぼやくように言うのが口癖だが、京もその境地に達しかけていた。生まれてきたのがものの弾みだったら、人生もまたものの弾みだ。それを占ってみたところではじまらない。なのに蛾《が》が電灯に誘《おび》き寄《よ》せられるみたいに、うっかりぼんぼりの前に坐ってしまったのは、風を感じていたせいかもしれなかった。その晩も京は、自分の中に薄ら寒い風が流れるのを覚えていた。

易者は、思ったよりも若く、翌朝になったらどんな顔をしていたか忘れてしまいそうな、印象の薄い顔だちをしていた。目の色も淡く、摑みどころがない。それでいて、視線が心に勝手にはいり込んでくるような気配があった。反射的に、京の視線が険しくなる。

「お名前と生年月日を伺えますか？　それで星回りと運気とがわかります」

男は言った。

「どうして見ず知らずの人間に、名前と歳とを教えなければならないの？」突っかかるような調子で京は言っていた。「それがわからないと、あなたは何も占えないわけ？」

男は、怒った様子や困った様子を見せるでもない。相変わらず春霞のような茫洋《ぼうよう》とした顔をして意に介する素振りもない。

「なるほど」軽く頷き、穏やかな声で男は言った。「あなたは今、これといって占ってもらいたいようなことはないかもしれませんね」

京は黙って男の顔を見た。相変わらず霞んだ眼差《まなざ》しをしている。男は恐らく、目の前の京の姿など見ていない。見ているのは、彼女を透かして見える現在と過去。知られて困る過去ならある。見透かされるのはごめんだった。京の顔の上に、おのずと心を閉ざすような警戒の色が浮かんだ。

「ただ、ひとつだけ申し上げておくことに致します」男は言った。

「あなたはたぶん、近々子猫を一匹拾われるでしょう」

予想に反して、男は彼女の未来を口にした。ただし、拍子抜けするような、取るに足らない未来だった。

「子猫？　悪いけど私、猫はあんまり好きじゃないのよ」

突慳貪《つっけんどん》に京は言った。

「あまりお好きではないかもしれません。でも、飼ってみると、案外かわいいものですよ」

「子猫を拾う——それだけ？」

「はい」

「ふうん……。それっぱかりのことで、やっぱり見料《けんりょう》をとろうっていうわけ？」

男ははじめてぼんやりした笑みを浮かべ、伏目がちにした顔を小さく横に振ってみせた。「いえ、お代は結構です。今度占わせていただく機会が得られた時に、お願いすることに致しましょう」

以来、京は男の姿を、一度も目にしていない。男は過去についてはロにしなかったが、自分を覗き見されたようないやな後味が胸に残った。翌朝になってもそれは不快な澱《おり》のように、京の中でたゆたっていた。

2

易者と出逢ってから、四、五日が過ぎた頃だった。店が退《ひ》けるといつものように、京は片づけをしてから表へでた。外は肌に沁み入るような細かな雨降り。溜息混じりに傘を開き、投げた足取りで家路を辿る。マンションの前まで帰ってくると、ゴミ置場にかかる申し訳程度の庇《ひさし》の下、ゴミ袋の中にうずくまって、雨を凌《しの》いでいる娘がいた。春とはいえどもまだ浅い。夜風は身に沁みるし、夜雨《よさめ》はなおのこと身に応える。女は深夜になってから降り出した雨に、すっかり濡れてしままっていた。柄ものの化繊のブラウスは肌に張りつき、赤茶色に染めた短めの髪も、潰れて頭や顔に張りついている。派手な化粧、胸元のチェーン、銀糸のはいった丈の短いタイトスカート……見るからに安っぽくてけばけばしげな身の飾りが、彼女を余計に惨めったらしく見せていた。

「あなた、いったいそんなところで何をしているの?」呆《あき》れたように京は言った。「雨宿りをするにしたって、もうちょっとマシなところがあるでしょうに。そんなことをしていたら、風邪をひいてしまうわよ。ううん、下手をしたら死んでしまう。夜の冷え込みはまだきついんだから」

女は顔を上げて京を見た。頬のこけた青白い顔に、生気の見てとれない昏《くら》いまなこが揺らいでいた。彼女は感情の気配のない灰色の声でぼそりと言った。「いいんです、私、べつに死んだって」

聞いた途端、京の頭にかっと血がのぼった。

「何がべつに死んでもいいよ。本当はそんな覚悟なんかできちゃいないくせに。私、そういうのが一番頭にくるのよね」

気づいた時には女の腕を掴み、有無をいわせず立ち上がらせていた。そのまま腕を引っ張って、半ば引きずるようにしながら四階の自分の部屋まで連れ帰った。

女が抗《あらが》うように何やら言葉を口にするのにも耳を貸さず、ほとんど無理矢理服を脱がせて風呂に入れた。あとはひたすら勢いに任せて、空いている和室に布団を引っ張りだして寝床を整え、自分のパジャマをあてがい、寝かしつけた。

京は、なすべきことを正しく整然となしているつもりでいた。が、翌朝になって前夜の行動に思い至った途端、顔を歪《ゆが》めて頭を抱えざるを得なかった。いかに相手が同じ女とはいえ、雨の晩にゴミ置場でうずくまっていたような得体の知れない女を家に引き入れ、泊めるなど、まともな神経でできることではない。

またやった——京は力ない吐息をつきながら、酒が残る頭を小さく横に振った。

吹けば飛ぶようなちっぽけな店とはいえ、女が自分の店を持ち、一人で切り盛りしていると、つまらぬ向こうっ気ばかりが強くなり、意地でものごとを何とかしようとしてしまう。

しかし、酔いの醒《さ》めた目で改めて見てみると、女が心身共に弱り果てていることが、前の晩よりはっきりわかった。

比較的小柄で童顔、歳の頃は恐らく三十になるかならないか。だが、若さはまるで感じられなかった。白茶けてくすんだ顔色、荒れた肌、傷んだ髪、ひび割れた色のない唇、目の下の深い隈《くま》……彼女は黒ずんだ下瞼《したまぶた》の筋肉をひくひくと小さく波打たせ、かさついた唇を意味もなく盛んに嚙みしめてばかりいる。気の毒なぐらいに瘦せてもいた。眼は輝きを失っているばかりでなく、底に脅《おび》えの色を暗く滲ませている。明らかに追い詰められた人間の顔をしている。

いい歳をした女が雨に打たれてゴミ置場にうずくまっていたということ自体が普通でないが、彼女はバッグのひとつさえ手にしていなかった。京の頭の中に、前の晩彼女を着替えさせた時に見た肘《ひじ》の内側の青黒い注射痕が甦《よみがえ》った。

(どん底だわ、この娘《こ》)

かつて自分もどん底を見た。だからわかる。

(参った……。とんでもない子猫を拾ってきちゃったものだ)

厄介《やっかい》払いは簡単だ。出ていってと、ひと言口にしたらそれで済む。わかっていたが、京は追いだすことも警察に通報することもしなかった。「死んでもいい」という言葉が、ある程度本気だったかもしれないと思い直したせいもある。翌日の夕刻には、ええい、ままよと拾った子猫を部屋に残し、店に出かけてしまった。人間あれぐらい弱っていれば悪事を働く元気もでまいと、自棄《やけ》半分、楽観半分に覚悟を決めてのことだった。

店から帰ると、子猫はいた。新しい住まいにはまだ慣れないといったおどついた目の色をして、京に向かってぽつりと言った。お帰りなさい――。

夜、家に帰ると灯りがともっていて「お帰りなさい」と迎えてくれる人がいる。当たり前のことに縁が薄かった京には、その有り難みが沁みる。

過去、新しい戸籍にはいることで、何とかひとりぼっちでいることから脱出しようと努力してみたこともある。しくじりばかりを繰り返し、果てに一人で生きていこうと決心をつけた。神様というのは気まぐれなものらしい。諦めたとみた途端、ぽ

ん と「迎えてくれる家族」を投げて寄越した。

一ヵ月余りが経った今も彼女が部屋にいて、化粧っ気のない蒼白い顔に仄《ほの》かな笑みをともして、「お帰りなさい」と、迎えてくれる。部屋には煌々《こうこう》とではないけれど、温《ぬく》みが感じられる程度の灯りがついている。その色と温みを目にするたび、京の顔にも自然と笑みの薄灯りがともる。万歳をするような大喜びではない。ほくそ笑む、そんな程度の喜びと笑みだ。どうせ大喜びなど続かない、人は、噛み殺したような笑みをじんわり口もとに漂わせている時が、一番幸せなのかもしれなかった。

家にきてから最初の二、三日、彼女は熱に浮かされるような途切れ途切れの眠りではあったものの、眠り病患者のようによく眠った。ぽつりぽつりと自分のことを問わず語りに京に話して聞かせるようになったのは、雨の晩から十日近くが経った頃のことだったろうか。小山《こやま》香澄《かすみ》という名前も、その時はじめて口にした。

「私、逃げてきたんです。あの男にこれ以上ぼろぼろにされるぐらいなら死んだ方がマシだと思って……」

案の定……京はそんな想いで話を聞いた。

香澄の情夫、浜口篤《はまぐちあつし》は女を誑《たら》し込《こ》むのを稼業にしているろくでなしだった。目星をつけた女は逃さない。絞りきるまで離さない。

「――で、あなた、その浜口って男に何をさせられていたの？」

京は尋ねた。

「バーのキャッチとか……」

酔いの回った男を店に引っ張り込んでぼったくったり、泥酔させて財布やカードを抜いたり……えげつないことこの上ない。おまけにデートクラブに登録させられて、コールガールまがいのこともしていたという。

京は小さく息をついた。香澄のしていたことは泥棒と売春だ。捩《よじ》れ、ささくれだった気持ちを、酒で紛らわせていられるうちは幸いだ。酒で紛らわせなくなったと見ると、男はうまいこと女に薬をあてがう。それに手をだしてしまったら先はない。口汚く罵《ののし》られようが殴られようが足蹴《あしげ》にされてせせら笑われようが、女は男から離れられなくなる。

「だけどあなたは逃げた。幸い中毒にまではなっていない様子だし。

どうして逃げられたの？」

「逆に次々不安が頭の中にひろがっていくばっかりで、薬では楽になれなかったんです。それにあの晩は浜口に対する憎しみで、何だか頭がはち切れそうになっていて……」


歌舞伎町《かぶきちょう》の片隅の横丁に、香澄の勤めるバーはあった。通りの両側の間口の狭い建物には、小さな店がびっしり巣喰っている。そこらじゅうで電飾看板がちかちか電球を明滅させている猥雑《わいざつ》な一画だ。

京に拾われた夜、香澄は最初のうち、いつものように通りにでて客を引いていた。深夜になって、急に雨が降りだした。不意の雨降りは、人の酔いを醒まし、足を急がせる。香澄はカモからすっかりはぐれ、店に戻って飲みはじめた。

冷えたからだを温めようと、強い酒をたて続けにあおったのがきいたのだろうか。じきにテーブルに突っ伏してしまった。完全に眠りこけていた訳ではなかった。からだは緩《ゆる》んでいても、薬のせいで頭の神経がどこか一本覚醒していて、マスターとママの声を潜めた会話が、香澄の耳に聞こえていた。

「まだ三十前でしょ、この娘《こ》？　四十女よりまだ倦《う》み疲れたような顔しているよ。からだだって悪いんじゃないの？　拒食症の娘みたいにがりがりに痩せてさ」

「浜口みたいな腐れ外道《げどう》に引っ掛かったのが運の尽きってとこだな」

「ノンタを東南アジアだかどこだかに売り飛ばしちゃったって話、本当なの？」

「さあねえ……。俺もいやな結末までは、あんまり聞きたかないから
さ」

「この娘も、末はノンタと同じ道かねえ」

「それなら錦糸町《きんしちょう》のかあちゃんの方が先だろ？　ちっぽけな一杯飲み屋だったけど、浜口にその店まで売っ払われちゃって、今は半狂乱になってるって話だから」

「だけどあの人、もういい歳でしょう？　売り飛ばすっていったって、場末のソープにだって売れないよ」

「確かにな。雌鳥《めんどり》は雌鳥でも、もう卵を産まない雌鳥だもんな。浜口の奴、頃合いを見て潰しちまうつもりかもな」

「潰しちまうって？」

「疑われない程度の保険でもかけてよ……。やりかねないよ、浜口なら」

「よくやるよねぇ、浜ちゃんも。ここにきてまた一羽、若い雌鳥捕まえたみたいだし」

「ああ、直子《なおこ》とかいうガキだろ？　ありゃまだ十七かそこらだぜ。雌鳥というよりひよこだな」

「どういうんだろうね、あの子なんか今は浜ちゃんに首ったけじゃない？　自分より優に二十も年上の男にさ」

「余《よ》っ程《ぽど》可愛がられてるんだろ？　浜口、最初はまめだからなぁ。おまけにタフだし」

「なのに、いざとなるとあいつぐらい冷酷な男はいないよ。平気で掌《てのひら》返したみたいにできるんだから」

「それが奴の凌《しの》ぎだからな。自分じゃ養鶏業なんて言ってへらへら笑ってやがる」

「錦糸町のかあちゃんに、この娘に、五反田《ごたんだ》の美樹《みき》に、そのひよこ。守備範囲が広いっていうか、まったく色とりどりの雌鳥だよねえ」

酩酊《めいてい》と眠気の中からまだ完全には脱しきれていない意識の中で、ああ自分は人間ではなく鶏だったのだ、と香澄は思った。浜口が熱心だったのも当然のこと、卵を産んで自分を養ってくれる雌鳥ならば、夢中で捕まえようとするだろう。

背骨が溶けてふやけていくようだった。色のない気《け》だるい絶望が、香澄の中にひろがった。

それでも浜口は自分のことを愛しているのではないか、こんな形の愛もあるのではないか……ずっとそんなふうに考えて、何があっても自らを納得させてきた。だが、陰では雌鳥などと呼んでいる女を、愛しているはずがない。そのことに気づいた途端、浜口に対する怒りと憎しみが、一気に脳天目がけて突き上げてきた。一瞬くらっと頭の神経が裏返るような眩暈《めまい》が香澄を襲った。神経が焦げたように、鼻の奥の方でふっときな臭い匂いが漂った。二度と浜口のところへは帰るまい、今度こそ、何としてもあの男から逃げるのだ、と思った。

香澄は昏い眼差しをして、そんなことを京に語って聞かせた。

「酒と薬と怒り、憎しみで、頭の中が相当とっ散らかっていたのね」

穏やかな倦《う》みを含んだ声で京は言った。「それがあなたには幸いした」

「どういうことですか？」

「下手に理性が残っていて、荷物や金を取りに戻っていたら、間違いなくあなたは逃げ損なった。――それにしても、何だってここまできて、ゴミ置場に腰を据えちゃったわけ？」

「それは……私が骨の髄までしゃぶられる鶏の骨みたいなものだから。あの時は何だか自分には、ゴミ置場が似合いのような気がしたんです」

「馬鹿ねぇ、あなた」

言いながら京は笑った。

「そうなんです、私って本当に馬鹿なんです」

香澄は大真面目な顔をして、相変わらず神経質そうに瞼をぱちぱちさせながら、下を向いて呟いた。

「だけど、よかったわね。本当の馬鹿な女にはならずに済んで」

「え？」

「本当に馬鹿な女はね、自分が雌鳥だとわかっても、お前だけは違うといってもらおうと思ったり、逆に自分は雌鳥なんかじゃないってことを思い知らせてやろうと思ったりしているうちに、余計に深みにはまってしまうのよ。男との縁を自分で断ち切れずに、みすみす地獄へ落ちていく。だけどあなたは一歩手前で踏みとどまった。そうでしょ？」

香澄は半分口を開け、惚《ほう》けたように京のことを眺めていた。子供っぽくて、あどけない顔だった。香澄本来の素直な素顔を垣間《かいま》見た思いがして、京は胸にささやかな安堵《あんど》を覚えた。この娘はきっとまだやり直せる——。

「ひとつ聞かせて。あなた、今度こそ本当に、逃げる決心をしたのね？　男との縁を、自分から断ち切ると決めたのね？」

「はい。私もう二度と、浜口のところへは戻りません」

「そう。わかった。ならば当分ここにいなさい」

「でも……」

「とにかく早くからだを治すことよ。それまでは面倒見てあげるから。『面倒見てあげる』はえらそうか。私もそれほどの人間じゃないものね」

そう言って、京はあははと声をたてて笑った。久し振りに湿りけのない、からりと晴れた笑い声が、彼女の口からこぼれていた。朧月夜に出逢った易者の顔が、脳裏を影のように流れていった。

近いうち、あなたは子猫を一匹拾うでしょう――。

3

京の店、バー「ノクターン」は、四谷左門町とは新宿通りを挟んだ向かい側、荒木町の小路にある。カラオケも何も置いていない、カウンターだけの地味な店だ。それがかえって静かに酒が飲みたいという客に好まれて、ちょっとした会員制バーのような雰囲気になっている。

従業員は、水島順次《みずしまじゅんじ》という若いアルバイトのバーテンダーが一人いるだけだ。仕込みや掃除から店じまいまで、京がほぼ一人でこなしている。

「何だかママ、最近うきうきしていますね」

店を開ける支度をしている時、京は不意に順次から言われた。

「あら、そうかしら」

「そうですよ。何かいいことでもあったんですか？　それとも、いいひとでもできたのかな？」

「まさか」

「だけど時々思い出し笑いしていますよ」

「ほんと?」

「ええ。思い出し笑いっていうか……そう、ほくそ笑むって感じですかね」

ほくそ笑む——だとしたら、今私は幸せなのだ、と京は思った。

二ヵ月が経った。香澄はまだ京のマンションにいる。はじめのうち京は、香澄が自分から浜口という男のところへ戻るのではないかと危《き》惧《ぐ》していた。馬鹿げた未練だ。女は時に、自ら自分の塚穴を掘ったりする。

けれども、香澄に甘ったるい幻想は見当たらなかった。気の毒なぐらいに浜口の影に脅えている。どこへ逃げても必ず探しだしてやる、親兄弟もただじゃおかない、実家に火をつけてやる……浜口の口から吐かれたさまざまなたちのよくない脅し文句が、靴底に着いたタールのように頭にこびりついてしまっているらしい。

「大丈夫よ」京は香澄に言った。「縁もゆかりもない人間のところにいるんだもの、そうそう簡単に探しだせやしないわ。逃げた人間より探しだそうとする人間の方が、何倍も時間と労力がかかるのよ。言っておくけど、あなたの親兄弟も実家も無事。何も心配することはないわ」

「どうしてそんなことがわかるんですか？」

香澄は不思議そうな顔をして京に尋ねた。

「だって相手は女をやっつけるプロよ。その種の男はね、荒事《あらごと》はしないものなの。金にならないことはやらないし、自分が喰らい込む羽目になりかねないようなことはなおしない。あなたが知り合いに連絡をとったりしない限り、ここが嗅ぎつけられることもない。あんまりびくびくする必要はないのよ」

それでも香澄の脅えはおさまらない。電話のベルにびくっと身を強《こわ》張《ば》らせる。ドアの外の足音に耳を欹《そばだ》てる。夜うなされて盗汗《ねあせ》を掻く……彼女は未だ完全には、浜口の魔力から解放されていない。

「京さんは占いを信じますか？」

香澄は言った。

「占い？　そうねえ……」

少し前だったら、頭から信じないと首を横に振ったところだ。けれども京は、あの易者の言った通り、香澄という子猫を拾った。今は、信じる方に気持ちがいくらか傾きかけている。

「浜口は私にとって、破滅の相性の男なんです」

香澄は言う。

破滅の相性――いわば三竦《さんすく》みの中の、蛙《かえる》から見た蛇の相性だという。その力関係は絶対で、蛙は蛇に喰われるとわかっていても、ばったり道で出くわしてしまったが最後、蛇に睨まれたら動けない。破滅の相性の相手と関わりを持てば、ただ身を滅ぼすだけのこと。その人間と別れても、運という運を根こそぎにされてしまうから、金運にも恋愛運にも結婚運にも、どんな運にも恵まれなくなる――。

「つまり、その男が人生最後の男になるってこと？」

京は尋ねた。

「そうです。その男が、縁をすべて断ち切っていってしまうんです」

聞いていて、からだの内側が薄ら寒くなってくるような話だった。京も以前思い定める男を誤って、危うく人生を棒に振りかけた。どうにもならないろくでなしだとわかっているのに、容易に腐れ縁を断ち切れない。しかし三十を目前に、男のもとから逃げだした。一度は大阪《おおさか》まで流れて、二年の間からだを張って金を稼いだ。どのみち男のために売らされたからだだ。ならば自分のために売った方がどれだけマシかと、肚《はら》を括《くく》ってのことだった。金を手に再び東京へ舞い戻った。働きながら店を探した。

どうして荒木町に決めたのか。荒木町の横丁が、小樽の飲み屋街を思わせる、東京のど真ん中とは思えぬ雰囲気を漂わせていたからかもしれない。店先の小さなネオン、重たげな木の扉、ゆるい坂の突き当たりにあるお稲荷《いなり》さん……どれも京の目には懐かしいものに映った。

過去の自分は、現在の香澄と重なる。ついつい肩入れしたくなる。香澄は、世話の焼き甲斐のある相手でもあった。良い意味でも悪い意味でも同じ年頃の娘よりもずっと苦労が足りているから、人の気持ちを素速く汲み取る。元は真面目な女なのだ。それが悪い男にまともにはまったばっかりに裏目にでてきたのだと思う。

何をしろと、京は自分から言った覚えはない。だが、店から帰るとこざっぱりと整頓された部屋、磨き上げられた床、ふかふかの布団、吸殻を抱えていない灰皿、程よい湯加減に保たれた風呂……そんなものが待ち受けている。料理の腕もなかなかのものだった。

家に帰った時、部屋に灯りがともっていて、「お帰り」と迎えられたことはある。しかし彼らはバスルームを水浸しにし、灰皿を吸殻で溢れさせ、ビールの空き缶やら何やらをそこらに転がし、仕事をふやしているのが関の山だった。それにくらべれば、今は天国だ。男からすればなおさらだろう。便利な女、都合のいい女——そういう存在になってしまうことが、彼女の不幸なのかもしれなかった。

この娘は、自分が守ってやらなければ、と京は思う。落ち着いたら、店を手伝ってもらうのも悪くない。

(あの娘のことだ、細かなことにまで気がつくだろう。香澄となら、きっとうまくやっていける——)

「やだなぁ、ママ。今また笑いましたよ」

順次が言った。

「え。また笑った？」

「笑いましたよ」

「いやあねぇ」

「ほんと。何だかいやらしいですよ、一人でにやにや思い出し笑いなんかして」

「馬鹿ね。そんなんじゃないんだって」

順次と小さな笑いを交わし合った直後、店の重たい扉がドアベルの音と共に開いた。「ノクターン」は七時からの営業だ。店を開けるにはまだ十分ばかり時間がある。表の看板にも、まだ灯は入れていない。

はいってきた女を見て、京は無意識のうちに顔の上に、げんなりとした表情を浮かべていた。島崎浅美《しまざきあさみ》――。

「ごめんなさい、まだ準備中なのよ。悪いけれど出直してくれる？」

京の声も素っ気なかったが、女はもっと白けた顔をして、言葉を無視してカウンターの椅子に腰を下ろした。

「聞こえなかった？　準備中と言ったんだけど」

「商売っけがないのね。べつにいいじゃない？　たかがあと十分かそこら」

「七時以降じゃないと、誰も客と認めないことにしているのよ」

「客商売のくせして、本当に愛想がないのね」

「愛想がないのがうちの売りなのよ」

くっきりとした二重の意志の強そうな大きな瞳、秀でた額と頬骨、ワンレングスの長い髪。派手な造りのなかなかの美人であることは京も認める。だが、この手の顔つきの女をどうしても好きになることができない。若さゆえの自信と人を喰ったような傲岸《ごうがん》さが、同じ女である分鼻につく。

「ねえ、曜《よう》ちゃんは、本当にここへきていないの？」

「曜ちゃん」と名前を耳にした途端、無表情を装っていた京の顔にひきつれが走った。浅美の目が、執拗《しつよう》なまでに顔の上に貼りついているのを感じる。その視線を押し返そうとするように、京はまっすぐ彼女を見据えて言った。

「あなたもしつこい人ねぇ。前にも何遍も言った通り、本多《ほんだ》さんならここ二、三ヵ月、うちへは全然見えていませんてば。――ねえ、順ちゃん？」

順次はどちらの女とも目を合わせず、ただ「はい」とだけ返事をした。

「おかしいのよね」浅美は俯《うつむ》き、長くて艶《つや》のある髪を掻き上げた。

「マンションにも帰っていない、恵比寿《えびす》の事務所にも姿を見せない……。私に何の連絡もなしに消えるなんてこと、絶対ある訳がないっていうのに」

「そんなこと、私に言われても困るのよね」

「そうかしら？　私はママがその答えを知っているような気がしてしょうがないんだけど」

「どうして私が？」

「女の嗅覚」浅美は言った。「もしかしてママと曜ちゃん、いい仲だったでしょ？」

順次の視線がちらりと自分に向かって走るのを京は感じた。心持ち、頬の辺りが固くなる。

「そういうのを埒《らち》もないっていうのよ」

いくぶん顎《あご》を突きだすようにして京は言った。

「そうかしら？　私は根拠のないことをいっている訳じゃないんだけどな」

「どういうことよ？」

「今の曜ちゃんがあてにするとしたら、やっぱりママしかないと思うんだけどな」

「あてにするって、それ、どういうこと?」

「貿易業なんていっているけど、本当のところあの人のやっていることなんか、道楽に毛が生えたようなものよ。ここのところ曜ちゃんね、実をいうと金に詰まっていたの。そうなると悪い癖で、小金を持っていそうな年増の女を頼るのよ。カモにするわけ。いつもそう」

「……」

「若い頃から年上の女に可愛がられてきたらしいから、今も癖が抜けないんでしょ。だからこの店に足繁《あししげ》く通いはじめた時、またか、とピンときたわ。ママを誑し込んで、金を引っ張ろうとしているなって」

「でも、現実にはそういうことにならなかった」

ごく短い沈黙の後、冷えた声で京は言った。

「それが私には不思議なのよね」

「金に詰まっていたのなら」京はそっぽを向き、言葉を空《くう》に放りだすような調子で言った。

「おおかた切り取りに追い込みでもかけられたんじゃないの？　それで姿を晦《くら》ましたんでしょうよ」

「そうかもしれない。だけど私に何の連絡もなしっていうのがね」

「だからって、私を疑うのはお門違《かどちが》いよ」

「まあいいわ、今日は帰る」浅美は不意に椅子から立ち上がった。

「でも、またくる。私、諦めた訳じゃないから。それは覚えておいてね」

浅美がでていってしまうと、京はやれやれと息をついた。「まったくどうかしているわよ。私に訊きにくるのもお門違いだけど、逃げた男を目の色変えて探し回る気も知れない」

「だけど本多さん、本当にどうしたんでしょうね？　このところぱったり姿を見せませんけど」

順次は、またちらりと京の顔に視線を走らせた。

「ちょっと。順ちゃんまでいったい何なの？　おかしな目つきをしてひとのことを見たりして」

「いや、僕はべつに。ただ、ママと本多さん、あの女が嫉《や》くのも無理ないぐらいにいい感じだったから。それが急にぱったり姿を見せなくなっちゃったでしょ？　なのにママはいそいそして家に帰る。だから僕はもしかして……なんて思ったりしてたものだから」

「私があの人と一緒に暮らしていると思ったの？」京は呆れたように目を見開いた。「よしてよ、順ちゃん、あなたまで。私は男なんてもうたくさん、いつもそう言っているじゃない？　さあ、茶番はお終《しま》い。開店、開店」

京はそう言うと、表の看板に灯を入れた。

本多曜司《ようじ》――恵比寿で小さな貿易会社を経営している、京よりちょっと年下の男だ。とびきりの二枚目ではないものの、眼差しが深くて語り口が柔らかい。眩《まぶ》しいほどに輝いていない分、逆に女は安心して、つい心を許して身をなびかせてしまう。幾人か女がいたはずだ。浅美もそれは承知しているのだろうが、自分だけは特別だと思い込んでいる。

香澄のように逃げる女があれば浅美のように追う女があり、追いかける男があれば消える男がいる。

京の脳裏に、本多の顔が浮かんでいた。整った顔だち、ちょっと霞がかったような表情、時に少年のようなきらめきを見せる瞳、はにかんだような独特の頰笑み……確かに彼は、年増女の心をくすぐるタイプの男かもしれない。いつかママをバンコクへ連れていきたいな、本多は言ったものだった。滔々《とうとう》と流れるチャオプラヤー川の黄色い水面、トンブリーの運河、水上マーケットの賑わい、川辺に建つ荘厳な寺院……同じ水辺の町で育ったせいだろうか、本多の話を聞いていて、京はまだ見ぬバンコクという町に恋したほどだった。このひとと、本当にバンコクを旅できたら。このひとと、一緒に小樽の家に帰れたら

――。夢見るように思ったこともある。

唇の端に、おのずとつれた笑みが滲んでいた。苦笑を残した顔を俯かせ、小さく首を横に振る。

自分でも気づかぬうち、京は肚の底から魂が抜けでるような、深い溜息をひとつついていた。

4

賽銭を入れてから鈴《すず》を鳴らし、京は香澄と二人、肩を並べて静かに掌を合わせた。心のうちで、香澄は何を願っていることかと考える。

左門町には、住宅地の間の細い道を挟んで、於岩稲荷田宮《おいわいなりたみや》神社と於岩稲荷長照山陽運寺《ちょうしょうざんようううんじ》とのふたつの於岩稲荷がある。田宮神社の方が岩の生家のあったところと聞くが、どちらが由緒正しい於岩稲荷なのかまでは京も知らない。だからお参りする時は、平等に両方の稲荷に詣《もう》でることに決めていた。

「お岩さんて、四谷怪談の、あのお岩さんですよね？」

香澄が訊いた。

「そう、あのお岩さん」

京が答える。

民谷伊右衛門《たみやいえもん》の恋女房の岩は、うつくしく貞淑で、浪々の身である伊右衛門に従順に仕える妻であった。ある時、伊右衛門は高家《こうけ》の重臣伊藤喜兵衛《いとうきへえ》の孫娘、梅《うめ》に見初められ、婿入りを懇願される。加えて伊右衛門には、岩には知られてはならない秘密があった。公金横領の事実を知られた、岩の実父、四谷左門《よつやさもん》を切り殺していたのだ。次第に岩が疎《うと》ましく思えてきた伊右衛門は、薬と偽って毒を飲ませ、顔を爛《ただ》れさせた上、悶死《もんし》させてしまう。面相が変わり、死霊《しりよう》となった岩は、そこからがらりと貞女の性格を鬼女に変える。崩れた形相で化けてでては伊右衛門を苛《さいな》み、その手で喜兵衛や梅を殺させ、遂には伊右衛門もとり殺してしまう。

崩れた面相で化けてでて、亭主をとり殺した業《ごう》の深い恐ろしい女——世の人の岩に対するイメージは、だいたいそんなところだろう。

けれども、すべては歌舞伎のお話の中でのこと、四世鶴屋南北《つるやなんぼく》の創作だ。地元というせいもあろうが、この辺りでは、岩は、田宮家につく屋敷神《やしきがみ》を信仰し、零落していた田宮家を再興に導いた徳の高い賢女ということになっている。だからこそ、田宮家についていた屋敷神と共に神格化され、祀《まつ》られている。双方稲荷ということからして、岩が信仰していたのが狐霊であったことは、まず間違いないところだろう。

「それじゃ、亭主の伊右衛門に毒を盛られたとか化けてでたとかいう事実はなかったんですか?」

香澄が言った。

「さあねえ……今となってはわからないわね」京は答えた。「お岩さんが死んで百五十年以上もたって、鶴屋南北が歌舞伎の登場人物に使ったほどのひとだもの。良きにつけ悪しきにつけ、相当な有名人だったってことは確かだろうけど」

まったくの賢女だったならば、人に名を知られることにはなっていなかったろう。狐持ちの家筋の女だったのではないかと京は思う。狐は、きわめてやきもち焼きの動物だ。人に富貴《ふうき》をもたらすが、臍《へそ》を曲げるととんでもない悪さも働く。岩はその狐霊を操れた。それゆえ人は岩に畏怖の念を覚えたのではなかったか。

「じゃあやっぱり怖いひと？」言ってから、香澄はちょっと首を傾げた。「わからないな。いったい本当のお岩さんて、どういう人だったのかしら」

さあねえ、と、京は同じ台詞《せりふ》を繰り返しながら、頭の端で、岩は香澄のような見てくれの女だったのではないかと思っていた。色白で小柄で小造り、おとなしげでどこか童女の面差しを残した女。内面的にも似たところがあったかもしれない。惚れた男の気持ちを肌で感じとり、なにくれとなく世話を焼いて相手に尽くす――。京は黙ったまま、かたわらの香澄にちらりと目を遣《や》った。

この頃は、ずいぶん本来の若さを取り戻してきた。白茶けていた顔にも朱《あか》みがさし、目の下の隈も薄くなった。かさついていた肌や唇も滑らかになり、もう無闇矢鱈《やたら》と下唇を噛み締めたりすることもない。澱《よど》んでいた瞳にも、光が窺《うかが》われるようになってきた気がする。時には声を立てて笑うことだってある。

派手な美しさや色気のある女ではない。けれども香澄の顔には、人の心を和ませる純なあどけなさがある。それが前面にでるようになれば、きっと彼女の人生も変わるだろう。

「京さんは、どうして時々ここのお稲荷さんにお参りするようになったんですか？」

香澄が尋ねた。

「どうしてって……理由なんかないな。商売繁盛を願うほど、私は特別商売熱心でもないし」

部屋を探している時に稲荷を見つけ、心惹かれたのは事実だった。両方とも、敷地の広い大きな稲荷ではない。一軒の家が建つのにちょうどいい面積だ。しかしそこには、苔《こけ》むした石があり、井戸があり、木蔭があり……小さいながらも閉ざされていない空間がある。境内に身を置いて息をつくと、自然と心がほぐれてくる。そうした静けさを含んだ落ち着きとは相反するが、血の赤を思わせるちょっと毒々しい赤色をした幟《のぼり》も、京の目と心を惹きつけた。京を左門町に住まわせたのは、この稲荷だったのかもしれなかった。

5

ペーパーフィルターを二枚重ねてコーヒーの粉を入れ、静かに熱い湯を注いでいく。いつもの京のやり方だった。そうする方が、より濃く深い味わいのコーヒーが楽しめる気がする。部屋の中にじんわりひろがっていくコーヒーの香りを鼻先に感じながら、ちらっと横目で香澄を盗み見た。

香澄は、起きた時から落ち着きがなかった。朝食と昼食を兼ねた食事をとっている時も、自分が今、何を口に運んでいるかもわかっていない顔をしていた。うちに向かった目をして、すっかり現実からはぐれてしまっている。心ここに在《あ》らず……また悪い夢でも見たのかと思いつつ、京は敢《あ》えて尋ねることをしなかった。不安を口にすれば口にするほど、反対に香澄は不安を大きくしていくところがある。

「香澄ちゃん、コーヒーはいったわよ」

何を考えているのか、香澄は時折レースのカーテンの細い隙間から目だけを覗かせて、こっそり表の様子を窺ったりしている。

「香澄ちゃん、聞こえた？　コーヒーはいったけど」

「あ……はい」

返事はしたものの、すぐにテーブルにはやってこず、また窓際へ歩いていって、カーテンの隙間から外を覗き見ている。いい加減に落ち着いたら？——吐息混じりに京が口にしかけた時、香澄の後ろ姿がぎくっと縮こまり、手がカーテンを握り締めるのが見えた。背中から発する張りつめた気配が、部屋の空気をみるみる尖《とが》ったものに変えていく。

「京さん、浜口——。浜口がこっちへ向かって歩いてくる」

京も窓際に歩み寄り、レースのカーテンの隙間から、下の通りを見下ろした。向こうの路地から、マンション目指してまっすぐ歩いてくる男がいる。

「あれが浜口……」京は口の中で呟いた。

遠目だからはっきりしたことはいえない。が、浜口は背の高い、骨格のしっかりとした男のようだった。

鼻がぶつかるぐらい窓に顔を近づけ、瞳を凝らして見る。優男《やさおとこ》ではなさそうだ。むしろ愛想がなくて幾分冷酷。遠目にも、京はそんな匂いを嗅ぎとった。

「京さん、どうしよう？　このマンションにやってくる」

もはや違うとは言いかねた。見ている間にも、浜口はマンションへ近づいてきて、玄関口から中へはいろうとしている。

「だから言ったでしょ？　あの人普通の男じゃないって。やっぱりここを嗅ぎつけた。京さん、助けて」

香澄が身をわななかせながら京にしがみついてきた。指の爪が肌に喰い込んで痛いぐらいに、京の腕をきつく摑んでいる。

「香澄ちゃん、しっかりなさい。部屋の中にいる限りはあの男だって、あなたをどうこうできやしない。そうでしょ？」

「だけど京さん、浜口と私を隔てるものは、もう壁一枚、ドア一枚でしかなくなってしまったのよ」

「馬鹿ね。その壁一枚、ドア一枚があなたを守ってくれるんじゃないの」

言いながらも、まだ信じられない思いでいた。深い関わりを持った男女の間では、時に互いのことに鋭い勘が働くことがある。しかし、こんな勘の鋭い女誑しがいた日には、女は堪《たま》ったものではない。

縋《すが》りつく香澄の背中を宥《なだ》めるように撫でながら、京はしばらく息を殺すようにして、表の気配に耳を欹てていた。

五分が経った。十分が経った。浜口はやってこない。ドアの外をうろつく気配すらない。彼はまだ、香澄が京のところにいることまでは突き止めていないようだった。

「とにかくあなたは何があっても、絶対部屋を出ないことよ。当分は、息を潜めてじっとしているの。そうすれば、じきにあの男も諦めるわ」

脅える香澄を一人残して出かけていくのは気懸かりだった。だからといって、店にでないという訳にもいかない。午後になって、せわしなげに身支度をはじめた京のからだに、香澄の暗い瞳がぴったりと張りついてくる。幼子を抱えた母親の気持ちというのはこんなものなのだろうかと思いながらも、気づかぬ顔でやり過ごす。

支度を終えると、京は玄関口に降り立った。振り返り、噛んで含めるように香澄に言う。

「いいこと? 誰がきても絶対に応対に出ては駄目。自分はここにいないもの、そう思いなさい。何かあったらすぐに店に電話して。私は五分で飛んで帰ってくるから」

粘っこい香澄の視線を、遮二無二断ち切るようにして家をでた。が、店に身を置いていても気が気でなく、途中何度か電話を入れた。幸い、浜口は訪ねてきていないという。京もほっと息をつく。安堵する一方で、浜口が、わずか二ヵ月でマンションを嗅ぎ当てられた理由《わけ》が、どうあってもわからなかった。

6

梅雨《つゆ》明けが近いらしく、夕刻になると雷が鳴る日が幾日か続いている。天に亀裂を走らすように稲光が流れるのを、京は窓からぼんやり眺めていた。

浜口がマンションに姿を現してから約十日、何事もなく過ぎていた。部屋を訪ねてきたことはないが、その後も彼は何回かマンションにやってきている。京も一度、浜口の姿を間近で目にしていた。やはり、香澄が京の部屋にいることまでは突き止めていないということか。

……どこかおかしい。十日あれば、住人に香澄の写真を見せて尋ねるなりひと部屋ひと部屋虱潰《しらみつぶ》しに当たるなり、居場所を特定する方法はいくらでもある。なのに彼はそれをしていない。

香澄の方は、目の下をひくつかせたり下唇を盛んに噛み締めたりする癖がすっかり再発してしまい、落ち着かないことこの上ない。

朝目覚めて、香澄の姿が部屋に見当たらなかった時は京も慌てた。

香澄ちゃん！ と大きな声で名前を呼びながら、パジャマ姿のまま外へ飛びだした。勢い込むあまり、ドアの脇でうずくまる香澄を、危うく蹴散らしてしまうところだった。

「香澄ちゃん……」驚くのが半分、安堵するのが半分で京は言った。

「あなた、こんなところで何をしているの？」

「やっぱりこの部屋に私がいることを知っている。あの人、この部屋の前まできている」

香澄はドアの外に落ちていた煙草の吸殻を指で摘《つま》み上《あ》げ、さも重要な証拠でも見つけたかのように、京の鼻先に突きだした。その眼は真剣というよりも、物憑《ものつ》かれしたような昏い色を湛《たた》えていて、見ていて肌が内側から冷えてくるようだった。

「ほら、あの人、この部屋の前で煙草を喫《す》いながら、中の様子を窺っていたのよ。だってこれ、あの人がいつも喫っている煙草だもの。二本も落ちてたわ。それに私、気配を感じる……浜口の匂いがするのよ」

京は目もとの辺りを翳《かげ》らせて、黙って香澄のことを見つめた。

「京さん、鍵をもうひとつつけた方がよくない？　あの人、もしかしたら鍵型を取っていったかもしれない。合鍵でも作られたらもう私――」

「わかった。何でもあなたが安心できるようにすればいい。だから、とにかく早く家の中にはいりなさい」

京は香澄の腕を摑み、部屋の内へと引き入れた。すかさずドアを閉め、真正面から顔を見据えて彼女に言う。

「私、言ったわよね？　何があっても表に出てはいけないって。わかる？　あなたがそうやって浜口の気配や足跡みたいなものを探してドアの外に出ることが、一番危険なことなのよ。それで浜口に捕まったら、話にならないでしょうが」

事実、それが浜口の狙いなのかもしれなかった。他人の家に踏み込んで、嫌がる相手を無理矢理外に連れだせば、住居侵入、逮捕監禁ということになってしまう。彼は、不安で居たたまれなくなった彼女が自ら表に飛びだしてくるのを待ち構えているのではないか。

胸に心配の種があるものだから、出がけにふたつの於岩稲荷に参ってから店にでるのが、京の日課になってしまった。

社殿の前で掌を合わせながら、京は心の内で岩に囁く。

(お岩さん、あなたも女の哀しみをよく承知しているひとでしょう？だったらあの娘を守って頂戴。くだらぬ男の味方なんか絶対しないで。お岩さん、私からあの娘を奪《と》らないで——)

落ち着きを失っているのは、京も同じだった。そうなると、おかしなもので店もさっぱりはやらない。

京はカウンターの中での客待ちにも倦《あ》き、勢いのない目で店の時計を見上げた。午前零時を回ったところ――。

最後のひと組が引き揚げたのが、十一時少し前のことだった。以後、ぱったり客足が途絶え、次の客がくる気配もきれいに失せた。こういう晩はどう足搔《あが》いてもいけない。

「今夜はもう終わりにしよう」京は順次に言った。「あとは私がやるから、先に上がって」

客を諦めての早じまいを決め込むと、一人でぼちぼち後片づけをはじめた。

ゴミをまとめ、調理台をきれいに拭いた。グラスも布で磨き上げ、棚に並べた。火の元を締めればもうお終《しま》い、という時だった。ドアベルがガランと鳴って、店の扉が開いた。ちょっとうんざりとした気分で「いらっしゃいませ」の言葉を口にしながら振り返る。相手によっては、じき看板ということを匂わせて、追い返してしまおうかと頭の端で算段していた。

はいってきた客の顔を見て、京は用意していた言葉を見失った。浜口篤――。

ダニのような香澄の情夫に間違いなかった。どうしてここに？……いっぺんに、頭の中が白くなる。

「もしかして、もう看板？」穏やかななかすれを含んだ声で浜口は言った。「一杯だけ飲ませてもらうって訳にはいかないかな？」

どうぞ、愛想のない声で言って、京はおしぼりと灰皿をカウンターの上に差しだした。

「ジントニック」

浜口は背広のポケットから煙草を取り出して口に銜《くわ》えた。その煙草に、京がライターで火を点《つ》ける。刹那《せつな》目と目が宙で絡み合う。

「今村、京さん、だよね？」銜え煙草で浜口が言った。

「確かに今村京は私だけど……なあに？　身元調査？」

「どうも。香澄が厄介になっているようで」

京は返事をせず、一旦視線を下に落としてから、ぷいとそっぽを向いた。

「とぼけなくてもいいよ。あいつがママのところにいることは、とうの昔にわかっているんだから」

黙ったままジントニックを拵《こしら》え、浜口の前に置く。

「そんな怖い顔しないでくれるかな？　俺はママを脅しにきた訳でもあいつを連れ戻しにきた訳でもないんだから」

「じゃあ何をしにきたの？」

「あいつへの伝言を頼みにきたんだよ。逃げるんだったら逃げるで、きれいさっぱり消えてくれって、そう言っておいてくれないかな。もうこういう茶番はたくさんなんだ」

知らず知らずに京の眉根が寄る。

「あいつ、逃げだすのは得意なんだ。一人で勝手にあれこれ考えては煮詰まって、二進《にっち》も三進《さっち》もいかなくなると飛びだしていく。それならそれで結構なんだよ。なのに香澄はいつだって、見つけてくれといわんばかりに俺の周囲をうろうろする。実にくだらない鬼ごっこだよ」

「鬼ごっこ……」

「そうさ。隠れた方だって、いつまでも鬼が見つけてくれなければ、家に帰れなくて途方に暮れる」

「あなたの言っていること、私にはよくわからない」

「逃げた振りして、いつも香澄は俺の行動半径の中にいるってことだよ」浜口はスティックでグラスの中のレモンを突《つつ》き、苦味と酸味とをジンに滲ませた。「今度だって俺はべつにあいつを探した訳じゃない。お宅のマンションの三〇五に川添《かわぞえ》って奴がいるの、ママ知ってるかな？」

川添——メールボックスに、その字面を見た覚えがあった。たぶんあの男のことではないかと、だいたいの見当もつく。四十を二つ三つでたぐらい。不動産のブローカーか何かでもやっていそうな、ちょっと派手で崩れたところのある男だ。

「川添と俺とは、昔からの悪い仕事仲間とでもいったらいいのかな。香澄も川添のことは知っているし、あのマンションに奴が住んでいることだって承知しているはずだよ。車で一緒に何度かマンションの前までできているから。そこに逃げ込んだら、見つからない方がおかしいじゃないか。現に川添から言われたよ。香澄が四〇三の、荒木町で『ノクターン』ってバーをやってるママのところにいるみたいだけどどうなってるんだよ、ってね」

思いがけない話のなりゆきだった。京は自分のグラスにも氷とジンとを入れ、トニックウォーターを注いでから櫛形《くしがた》のレモンを落とした。渇きを癒すように、ひと口ごくりと酒を飲む。

「香澄とは、とことん腐れ縁なんだよ。それだけに俺もあいつの顔を見てしまえば、知らん振りはできなくなる。だけど、もうご免だ。子供じゃあるまいし、いつまでも、あいつの遊びにつき合っちゃいられない」

「よく言うわ。これまでさんざんあの娘に酷《ひど》い目見せてきたくせに」

「酷い目？　ママ、それはたぶんお互い様だよ。俺もあいつには、ずいぶん酷い目見せられてきたからね」

「どういうことよ？」

「あいつは俺にとってはね、破滅の相性の女なんだよ。関わり合えば身を滅ぼすだけの」

「どこかで聞いたような話だわ」京は苦笑を漂わせながらジントニックをあおった。

「香澄がそう言った？　相性っていうのはさ、どっち側から見るかで違うんだ。破滅の相性なのは俺から見た香澄。なのにいつの間にやらあいつの中では、あいつから見た俺が破滅の相性ということにすり替っちまってる」

「………」

「占いなんて信じなかったけど、あいつと関わり合ってからこの方、実際ろくなことがなかったな。ちっぽけな店ではあったけれど、俺だって以前は渋谷にスナックを一軒持っていて、女の稼ぎをあてにするような腐った人間じゃなかったんだ。ここですっぱり縁が断ち切れるならその方がいい。あいつには、もう本当にこりごりなんだよ」

浜口の言葉の中身を探るように、黙って彼の顔を見た。京の額から目もとへかけて、ひとりでに不明の翳が落ちていく。

「できたらもう一杯もらえないかな」浜口は言った。「何だか今夜は、ママにちょっと話を聞いてもらいたくなったから」

7

元は不動産の仕事をしていたのだと、浜口は京に語りはじめた。

バブル全盛の頃には既に一本立ちしていたから、ずいぶんいい目も見たし贅沢もした。片方で、この馬鹿げたお祭景気がそうそう続くものではないと冷静に見てとるだけの頭も持っていた。だから金を残らず使い果してしまうような真似はせず、儲けた金で渋谷に店をだした。思った通り祭が見事にはねてからは、そのスナックが命綱になった。

香澄と知り合ったのは七年あまり前のこと、ちょうど景気が冬にはいった頃だった。香澄と関わるようになると、いきなりとりまく季節は厳冬に転じた。運気は急坂を下るが如くに下降の一途をたどり、次から次へと思いがけない不運や災難に見舞われた。気づいた時には、いつの間にやら店も失《な》くしてしまっていた……。

「実際、穴に吸い込まれるみたいな勢いだったな。あれだけの金、モスグリーンのジャガーはどこにいったのかと思ったよ」浜口は言った。

「手の中に残ったものはと見てみれば、香澄と借金、ただそれだけ。悪い夢でも見ている気分だった」

「………」

「何をやっても呆れるぐらいに裏目にでてね。俺は香澄に糞運を摑まされたと思った」

「みんな香澄ちゃんのせいだって言いたいわけ?」

京は言った。

「世の中景気が悪くなっていたし、そこで勝ち残っていけるだけの力が俺になかったってことは認めるよ。香澄はそんな俺に、徹底して尽くしたんだよ」

「それのどこがいけないの？　尽くしてもらっておいて糞運だなんて」

「よかないさ。時に男を駄目にする」

浜口は続けた。

食べることから着ることから、何から何まで香澄が面倒を見てくれたから、その日の暮らしに困ることはなかった。何をするにも元手がなく、致し方なしにまた不動産ブローカーのような仕事をはじめたが、当時は動く金にも不自由するような有様だった。自分から金をくれと言ったことはない。が、香澄は勝手に預金を切り崩し、「はい、三万」「はい、五万」と工面してくれる。金が尽きると夜の勤めにでて、今度はあぶく銭を稼いでくるようになった……。

「夜の勤めに出ろだなんて、ひと言だってあいつに言った覚えはない。ましてやからだを売って金を作れだなんて、どうして惚れた女に言える？」浜口はいくぶん目を見開いて、京の顔を覗き込むようにして言った。「なのにあいつはそこまでやった。気づいてみれば香澄のヒモ。俺は屑《くず》にも等しい最低の男になり下がっていた」

京は浜口から目をはずし、黙って煙草に火をつけた。

「正直愕然としたね、自分が女のヒモとはね。とうとう香澄にここまで引きずり落とされたと思ったよ」

「勝手なことばっかり。だったらそんな生き方やめたらいいじゃない？　香澄ちゃんだけじゃなく、よその女も喰いものにしている男の台詞じゃないわね」

「人間一度楽することを覚えたら、なかなか昔の苦労をしようとは思わないものだよ。女が金を産むってことを、香澄が俺に教えてくれたんだ。元々その才能があったのかな、自然とそれが俺の稼業になっていた。ママ、自分が最低の屑だと承知しているっていうのは、案外しんどいものなんだぜ」

「だから勝手だっていうのよ。結局自分が悪いんじゃない。それを香澄ちゃんのせいにして」

「勝手かもしれない。だけど自分ぐらい自分の味方をしてやらないとね。ほかに誰も味方してくれる人はいない」

「話にならないわ」京は白い煙を吐きだした。

「もっと話にならないのは香澄の被害者意識と被害者面だよ。俺はそいつが堪らない」浜口は、グラスの酒をきゅっと口に含んだ。「酷い目に遭っているのはこの私。男にからだを売らされて、骨の髄までしゃぶられようとしているかわいそうな女……あいつはいつでもそうやって、頭の中で自分のいいように事実を作り替える。現実に運を喰い尽くされたのは、俺の方なのに。どういう訳だか世間じゃあいつが作り上げた事実の方が、真実として罷《まか》り通《とお》るしな。お蔭でこっちは冷酷非情な悪魔だよ」

あの男は普通じゃないんです、悪魔みたいに恐ろしい男なんです――香澄がいつも口にしている言葉が、京の頭の隅をよぎっていった。「救いようのない悪党に仕立てられた気がして、そのたび俺はあいつにはめられたような気分になる。この女、被害者面してどこまでやる気かと、あいつのことが憎くなるし、ならばとことんやってやろうじゃないかと、自棄《やけ》っぱちにもなってくる」

「だからなの？　あの娘にキャッチだの何だのやらせて苦しめるのは」

またこれだ、と、浜口はうんざりしたように顔を歪めた。

「俺はあいつにそんなことをやれだなんて、言っちゃいないんだって。香澄は、俺にとって、ほかの女とはちょっと違うんだ。あいつを喰いものにしようと考えたことなんか、本当に一度もないんだよ」

「信用できない。だって現にあの娘は——」

まあ、いいさ、と、浜口は京の言葉を遮って言った。「とにかくそろそろ限界なんだ。俺の人生、とっくに底は打ったと思っていたけど、あいつといるとまだ先に底がある気がして、いやな気分になってくる。時々あいつが疫病神《やくびょうがみ》に思えるんだよ。だから香澄が本当に消えてくれるなら、それに越したことはない」

「本当かしら?」煙草を指に挟んだ腕をちょっと組むようにして、京は言った。

「ママ、俺だって怖いんだよ」不意に力の抜けた、霞んだ声で浜口は言った。「ずぶずぶ底なし沼にはまっていくようでさ。ひょっとすると逃げだしたいと思っているのは、俺の方なのかもしれない」

京と浜口の間に短い沈黙が流れた。その沈黙の合間を、有線のヴォーカルが低く気だるく縫っていく。

店の中が静かなせいか、「クライ・ミー・ア・リヴァー」のヴォーカルが、妙に京の心に沁みてくる。

彼女の頭の中で、浜口の顔に本多の顔が重なった。二人とも、曇り空のような雰囲気を持っている。うっすら雲のかかる月といった方が当たっているかもしれない。月に叢雲、ちょうど占い師に出逢った晩のような月だ。雲の向こうの朧な光に、女はふと心絆《こころほだ》される。しかし「絆し」とは人の自由を奪う手枷《てかせ》足枷《あしかせ》。こんな男こそが、女の心とからだを縛りつける。月に叢雲、花に嵐――不吉な兆《きざ》しだ。

「そろそろ店を閉めたいんだけど」思いを現実に戻して、京は言った。声も現実の色を帯びた、いつものきっぱりしたものになっていた。

「話はわかった。あなたからの伝言は、ちゃんと伝えておくわ」

浜口は、彼女の顔を見ずに頷いた。「それじゃ一緒に帰ろうか」

なりゆきで、京は浜口と店をでた。荒木町の飲み屋街の横丁を新宿通りに向かい、肩を並べてゆるゆる歩く。見上げると、空には妙に大きな丸い月が笑っていた。いつもなら、江戸の世の隣人と月見をしている心地になる。現実には、香澄の情夫が隣にいて、一緒に月を仰いでいた。

浜口が、不意に指で鉄砲を拵えると、バキュンと月を撃つ真似をした。

「何なの、それ？」

呆れたように京は言った。

「香澄の得意技。夜逃げだよ。もっともあいつの場合は、本当の夜逃げとはいえないいけどね」

「夜逃げ？　どうして月を撃つの？」

「さあね……。夜逃げには、月夜の晩より闇夜の晩の方が都合がいいからかな。ＳＨＯＯＴ　ＴＨＥ　ＭＯＯＮ、スラングだろうけど、英語じゃそういうらしいよ」

「ふうん」

「ねえ、ママ」

「なに？」

「言っておくけど、マンションにはこれからも時々出入りするよ。べつに香澄がいるからじゃない。川添に用事があるんだ。誤解しないでくれよな」

「わかったわよ」

「それから……」

「何よ？」

「今夜、ママと話ができてよかったよ。気持ちが楽になった気がする。俺、また店に飲みにいってもいいかな？」

「──」

「ねえ、ママ」

浜口は、ぐっとからだの内側に一歩踏み込もうとするかのように、京の目の奥をしっかりと覗き込んできた。ママ、と言った声も、急に甘さと切なさを滲ませて、胸にじかに沁み入る深い音を響かせていた。京は息を呑んだようになって言葉を失った。間近にある彼の眼が、瞳の底から照り輝いている。瞳と声で、一度に魂を鷲摑みにされたような思いがした。彼女のからだの内側で、芯がとろけていくような心地よさと、その裏側に張りついた理屈のない嫌悪とが、交錯しながら鬩《せめ》ぎ合《あ》う。

「調子に乗らないでよっ」とろけていくからだを懸命に立て直しながら、平手で頬を張るような勢いで京は言った。「私、あんたみたいな男は大嫌い。女誑し。最低の男」

ヒールの音を響かせて、彼女は深夜の街を小走りに近い足どりで歩きだした。

からだの中には、とろけかけた心地よさが、未練のように滞っていた。それが自分自身不快でならない。少し唇を嚙みながら、腹立たしさを含んだ気持ちで思う。浜口は天性の女誑しだ。あの目で見つめられ、あの声で囁き続けられたら、女は理性のねじが緩んでおかしくなってしまう。

一瞬とはいえ心揺さぶられかけたことが、京は情けなくて悔しかった。

少しずつ頭とからだが醒めてくるに従い、胸に疑問の翳が落ちはじめた。香澄の言うこととあの男の言うことと、果してどちらが真実なのか……。

もちろん京は、香澄の話を信じたい。だが、浜口は、わずか二ヵ月で香澄を探し当てた。あまりに早い。元々そこに知人がいたという話の方が辻褄《つじつま》が合う。

〈香澄ちゃん、あんた逃げたかったんでしょ？　それともあいつに見つけてもらいたかったの?)

京のからだから、自然と力が抜けていった。ようやく手に入れた大切なものが、今しも指の間からこぼれ落ちていこうとしている心地がした。

不意に薄ら寒さを覚え、京は小さく怖気《おぞけ》をふるった。からだの中に、隙間風が吹きかけていた。香澄が部屋にきて以来、からだの中に風が吹くのを感じていなかった。やっと寒さを覚えずに済むようになっていたのに……京の視線が舗道を這う。

いつの間にか、マンションまで歩いてきていた。気持ちも表情もとり繕えないまま、香澄と顔を合わせるのがためらわれた。

京はエレベータを使わずに、薄暗い階段をのぼりはじめた。いかにも足が重たげに、一歩一歩ゆっくりコンクリートの階段を踏みしめる。おのずと顔が俯き、背が丸まる。からだの中に吹きはじめた風が、京の背中まで薄ら寒くさせるようだった。

8

浜口が店に来たことは、香澄に言わなかった。

相変わらず香澄は全身の神経を逆立てて、落ち着かなげに部屋をうろつきまわり、唇を無残に腫れ上がらせている。

彼はまたこのマンションにやってくるに違いない。肝心なのは、二人を絶対に会わせないことだった。

「ねえ、香澄ちゃん、いつか一緒に小樽へ行こうか？」

気がつくと、京は口走っていた。底に確たる決心などない、思いつきに等しい言葉だった。

「小樽って、北海道の小樽ですか？」

突然のことに、香澄はきょとんとした顔を見せた。

「そう。私は小樽の出身なのよ。もう誰も住んでいないけれど、家は今も富岡というところにあってね。駅からも近いし、悪いところじゃないから、家を直して、あそこで店をやるのもいいかもしれないと思って。半分観光客をあてこんだ店の造りにしたら、案外はやるかもしれないわ。どう？　一緒にくる？」

「え。小樽に行くって、向こうに住んで店をやる――そういう意味のことなんですか？」

心持ち目を見開き、香澄が真剣な面持《おもも》ちで京を見ていた。瞳の底に光が見える。

京は薄い笑みを滲ませながら頷いた。

「向こうに住んで一緒に店をやらないかってこと。まさか浜口も北海道までは追いかけてこないだろうから、香澄ちゃんだって、もっとのびのびと暮らせるわ」

「私も行っていいんですか？」

「もちろん。香澄ちゃんさえよければの話だけれど」

行きます、行きます、一緒に行きます——香澄は勢い込んで言った。

瞳の輝きが強くなり、いくらか頬が紅潮している。気持ちが半分浮足立っているのが目で見てわかった。

「小樽で京さんとお店をやる……ああ、何だかわくわくしてきた」

声がうわずりながらも弾んでいた。少し前まで沈みこんでいた香澄が、はしゃぎかけている。

子供に戻ったみたいな香澄の様子を目にして、京は胸に疼《うず》くものを覚えた。浜口への根強い未練があるならば、小樽へ行こうと誘っても、きっとよい顔はするまい……ろくな考えもなしに小樽へ行こうなどと言ってみたのは、心のどこかに彼女を試そうとする気持ちがあったからかもしれない。

胸のうちで、自分自身に向かって呟く。(いやな女だ——)

しかし、その日以来、香澄と小樽へ帰って店をやるという話は、京の中でもにわかに現実味を帯びたものになっていった。店にいても、気づくとぼんやり考えている。

（香澄となら、荒れ果ててがらんとした家に帰るのにも、怖じ気づかずに済むだろう。今は脱け殻でしかないあの家に、新たに魂を吹き込んでやればいいのだから。もう寒くもないし、身にも心にも、隙間風は吹き込むまい。私の横には、香澄という新しい家族がいる……）

久し振りに、京は未来に光を見た思いがした。煌々たる光ではない。香澄が待つ部屋にともっているのと同じような、ほどよい温みのある灯りだ。

近いうち、あなたは子猫を拾うでしょう。猫はあまりお好きでないかもしれません。それでも飼ってみれば、案外可愛いものですよ——。

易者の言葉が、またも彼女の耳に甦った。あの男は、こんな未来まで見越してそんなことを言ったのだろうか――。

京は易者が垣間見たかもしれない自分の過去に思いを馳せて、思わず首を小さく横に振っていた。

9

バッグから鍵を取りだすと、京は自分で鍵を開けて部屋の中にはいった。「ただいまぁ……」

いつもなら鍵音を聞きつけた香澄がすぐさま玄関口まで飛んできて、「お帰りなさい」と迎えてくれる。

今夜は、それがなかった。ドアを開けても、香澄の姿が見当たらない。

「ただいまぁ……」さして大きくない声でもう一度言う。

部屋の中が薄暗い。ふだんはついているリビングの灯りが、消えている。電気がついているのは香澄が使っている奥の和室だけで、開いた襖《ふすま》のうちがわから、蜜柑色がかった電球色の光が漏れでていた。

奥に目を向けたままパンプスを脱ぎ、中にはいる。

「香澄ちゃん……寝ちゃったの？」

やや遠慮気味に、抑えた声で言ってみる。依然として返事はなかった。物音には神経質すぎるぐらいに神経質な香澄が、気づかず眠りこけてしまっているとは思えなかった。

薄暗い部屋の中に立ち、京は不吉な気配を覚えた。気配というより、匂いというのが正しかった。血腥《ちなまぐさ》いようないやな匂いが、ぷんと鼻先に漂ってくる。膝の下辺りに怖気に似た震えが走った。

「香澄ちゃん――」

重ねて名前を呼びながら、恐る恐る灯りに向かって足を踏みだす。

京は、少し手前から部屋の中を覗き込んだ。

畳の上に投げだされた棒切れのような脚が二本、いきなり目の中に飛び込んできた。香澄の脚ではない。ズボンをはいた男の脚だ。

無意識にごくりと唾を呑み込み、一歩前に進んで中を覗き見る。

畳に仰向けにひっくり返った男のかたわらに、魂が抜けたように香澄が坐り込んでいた。男は胸から腹にかけてを、血で真っ赤に染めている。

浜口篤——間違いなかった。京はゆるゆると部屋に脚を踏み入れた。惚けたような香澄が、ゆっくりと京の方に顔を向けた。頬や首……プリント柄のある白いTシャツにも、血の飛沫が点々と飛び散って、赤黒い水玉模様の染みを作っていた。血の水玉のついた顔は色を失い、表情を喪失してしまっている。京に向けられた両の目が、顔に穿《うが》たれたふたつの黒い洞《ほら》にも思われた。

「京さん、ごめんなさい……」

腑抜けた声で香澄が言った。

「どうして?」京もようやくのことで言葉を口にした。「何だってこんなことに?……」

「ごめんなさい。京さんにあれだけ言われていたのに――」

京が危惧していた通り、やはり香澄は表に出た。それがこの顚末《てんまつ》だ。

目と鼻の先にあるスーパーならと、外に買い物にでたらしい。

「エレベータで下に降りたら、ちょうどマンションにはいって来た浜口と鉢合わせしてしまって……」

急いでエレベータにとって返し、香澄は大慌てで部屋へ駆け込んだ。一度は逃げきれたかと思って息をつきかけた。が、ドアを閉める寸前に、浜口が部屋の中に飛び込んできた。

三ヵ月振りの再会だった。

最初のうちは、比較的冷静に話をしていた。けれども二人の中にはそれぞれに、七年かけて蓄積したさまざまな思いが、咽喉《のど》もといっぱいにまで詰まっている。言葉が言葉を誘いだし、感情が感情を引っ張りだし、いつしか二人の遣り取りは、激しい罵り合いに変わっていた。

……香澄は話す。

「お前もいいタマだよ。今度は年上の女に縋りついて、自分一人この地獄から這い上がろうっていう訳か」浜口は、ぞっとするほど酷薄な目をして言った。「ずいぶん虫のいい話だな。そんなことができれば人生楽なもんさ。だけどそうはいかない。いいか？　お前にはどんな未来も幸せも待っちゃいないんだよ。延々とこの地獄が続くだけだ。覚えておけ」

「どうして放っておいてくれないの？　もう私を自由にしてくれたっ

ていいじゃない？」

浜口はいびつな薄ら笑いを顔に浮かべて、斜めに香澄を見た。「俺を地獄に引きずり込んでおいて、その言《い》い種《ぐさ》はないだろう。そもそも自由になることが、お前の望みじゃないんだよ。お前は不幸になりたいんだ。一生俺という男につき纏《まと》われて、人生台無しにするのが望みなんだ。俺はその望みを叶えてやろうといってるだけだ」

「馬鹿なこと言わないで」

「いい加減に観念したらどうだ？　お前が望んだ地獄だ。お前が俺を道連れに選んだんだ。だから最後まで俺も責任を持って、底のない地獄に連れていってやるよ」

……

「この男は一生私につき纏って、私の人生を台無しにするつもりだ。そう思ったら、頭の中で光が弾けたみたいになって目の前が真っ赤に染まって……。気づいた時には私――」そこまで話すと、香澄はなかば項垂《うなだ》れるように頭《こうべ》を垂れた。

あとは聞かなくてもだいたい想像がついた。台所へ走り、庖丁を手にとって返し、膨れ上がる憎悪の捌《は》け口を求めるかのように浜口を刺して刺して刺しまくる……その場の様子が、ありありと見えるようだった。

今となってはもう遅い。京にもようやく香澄という人間が、彼女と浜口の関係が、少しわかったような気がしていた。

香澄は、本心浜口を憎んでいたし恐れていた。同時に、彼を愛し、強く執着してもいた。憎しみ恐れる気持ちが表の顔なら、愛し執着する気持ちは裏の顔だ。元々香澄は、理性の勝《まさ》った女ではない。にもかかわらず、胸の奥底に燻《くすぶ》る浜口に対する強烈きわまりない思い入れを、理性で無理矢理捩《ね》じ伏《ふ》せようとした。その無茶な力業《ちからわざ》が、時に頭のねじや神経の歯車を狂わせて、意識に澱んだひずみを生じさせたのに違いない。だからこそ、彼女はこのマンションにやってきた。

浜口が言っていたように、香澄はここに川添がいることを、ある時点まできちんと承知していたのだろう。だが、意識のひずみがそれを忘れさせ、彼女をここに導いた。頭では、逃げたい、縁を断ち切りたいと真剣に願っていても、歪んだ意識の暗がりに棲む魔物は、浜口に見つかりたい、彼から離れたくないという埋火《うずみび》のような彼女の思いの方を、実現させてしまう。香澄はそのことに気づいていない。無意識の魔物が密かにしでかした、たちの悪い悪戯《いたずら》だ。

香澄は悪い女ではない。一途すぎるぐらいに一途で、心底相手に尽くす女だ。京も一緒に暮らしてみてよくわかった。ただその一途さがひと通りでない分、逆目《さかめ》にでた時が恐ろしい。相手のためなら限度を超えてどこまでもやる。だから破綻してしまう。が、破綻してしまっては生きていけないから、無意識のうちに得意の辻褄合わせをして自らを守ろうとする。自分にからだを売らせているのはあの男、破滅の相性なのはあの男、悪いのはみんなあの男……。

嘘をついていた訳ではない。香澄にとっての事実と現実が、少々食い違っていただけだ。

あんたの言っていたことも、まるっきりの嘘じゃなかったのね……

京は胸のうちで呟いて、浜口の白茶けた頬にそっと手を伸ばした。

浜口は、香澄の描いた図式に見事なまでにぴったりはまってしまったのだろう。浜口だったら、面白おかしく遊び暮らすこともできただろうに、さっさと香澄をうち捨てて、逃げてしまえばよかったのだ。蛇は香澄で蛙は浜口、香澄こそが破滅の相性の相手——それゆえ彼は文字通りに、身を滅ぼされた。

(やはりこの娘はお岩さんだ)

京は思った。

岩は伊右衛門という、どうしようもない男に惚れ抜いていたからこそ執着が断ち切れず、死んでなお化けて現れ、亭主にとり憑き苦しめた。うつくしい面と爛れた面が象徴しているように、岩はからだのうちにもふたつの顔を持っている。家を守り、亭主に尽くす健気な賢婦。亭主を恨み、遂にはとり殺してしまう恐ろしい鬼女。どちらも同じ一人の岩の顔だ。

香澄も同じことだった。一途なかわいい女と道理の通じぬ危ない女のふたつの顔を持っている。香澄ばかりでなく、女ならば誰しもが、菩薩《ぼさつ》と夜叉《やしゃ》、ふたつの顔と心を持っている。

この町に、自分で選んで住んだ訳ではなかったことに、改めて京は気づかされた思いがした。京も香澄も、岩に招《よ》ばれて、左門町にやってきた――。

「私、京さんにも、酷い迷惑掛けちゃって……」ぼそりと呟くように香澄が言った。

「迷惑？」疲れたように京は応える。「そんなことはどうでもいいのよ」

「ここへきてから、はじめて私、幸せだった」

「私だっておんなじよ。香澄ちゃんがいてくれて、あなたが考えている以上に、私はとても幸せだった」

その幸せが、今、失われようとしているという思いが、京の心とからだから、根こそぎ力を奪っていく。

「行きたかったな、京さんと一緒に小樽へ。はじめて未来に希望が持てたのに、それもやっぱり夢で終わっちゃう……」香澄は血飛沫《ちしぶき》を浴びたままの姿で、不意についと立ち上がった。「京さん、ごめん。私、逃げる」

「え」京は惚けた顔で香澄を見上げた。「逃げる……逃げるって何から？」

「浜口から」

「だってこの人、もう死んでるのに――」

香澄はもう一度坐り込み、首を小さく横に振った。

「浜口は私にとうとう人殺しまでさせた。惨めなのはもうたくさん。この人、死んでもまだ私のことを苦しめようとしている。警察からも浜口からも、私、逃げる」

殺したのは香澄、殺されたのは浜口、当然加害者が香澄で被害者が浜口だ。けれども、またしても香澄の中で事実と現実は顚倒《てんとう》していた。

「だけど、あんた、どこに逃げるのよ？」京は不意に我に返って、香澄の手を握り返した。「そんなあてなんかどこにあるの？」

香澄は黙したまま目を伏せた。

「片づけよう」京は弾かれたような勢いで立ち上がり、香澄を見下ろしながら言った。「血のついたもの、急いでみんな片づけよう」

「片づける……片づけてどうするの？」

「あなたの服も何もかも、全部車に積み込んで、どこかで燃やしてしまうのよ」

「そんなことしたって浜口が残るわ。まさか人間まで燃やせやしない」

「燃やせないものは埋めたらいいいじゃないの」

香澄が驚いたように京を見上げた。

「だって香澄ちゃん、この人が私の部屋にいることの方がおかしいのよ。浜口と私は、元々何の関わりもない人間同士なんだもの。それにこの人一人消えたって、誰もたいして騒ぎはしない。いつドロンしたって不思議ない暮らしをしていた男だもの。つき合っていたのもどうせ似たり寄ったりの連中だわ、みんな警察なんか好きじゃない。誰も届けたりしないって。――急ごう。夜のうちに証拠は全部始末してしまって、この人土に埋めてしまおうよ」

「埋めるっていってもいったいどこに……」

「心配要らない。私に心当たりがあるから」

京は、まだ魂がからだに戻っていないような香澄をせきたてて、血のついたものをまとめはじめた。香澄と二人、部屋の中を手分けして雑巾で拭いて回る。浜口は、コロのついたプラスティックの衣装ケースに載せ、駐車場まで運んでいった。

すべてを車に積み込んで、京は大きくひとつ息をした。一人でやれば、ひと晩にいっぺんに三つも四つも歳をとってしまうような大仕事だ。翌《あく》る日《ひ》は腰も伸びなければ膝も手脚もがくがくになり、からだじゅうの箍《たが》がはずれたみたいになってしまう。熱もでる。だが、今夜は一人ではない、香澄がいる——。

「さ、行きましょう」京は言った。「夜が明けてしまうまでに、さっさとカタをつけてしまいましょう」

香澄を助手席に乗せ、車を走らせはじめた。外苑《がいえん》から高速に乗り、途中、中央高速にはいる。あとは西へひた走る。今夜はあまり酒を飲んでいないのが幸いだった。

「京さんまでこんなことに巻き込んでしまって……」隣の香澄が、震えの混じった声で呟いた。

「巻き込まれた訳じゃない。私も今の幸せ守りたいのよ。香澄ちゃん、私と一緒に小樽へ行くって言ったじゃない？　あれ、本気じゃなかったの？」

ほとんど闇雲に香澄が首を横に振る。「行きたい。私だって京さんと小樽へ行きたい」

「だったら頑張ろう。それで一緒に小樽に帰ろう」

ハンドルを握りながら、京は今度のことで、自分が本当は何を必要としていたかに、ようやく気づいた思いがしていた。べつに男を必要としていた訳ではなかった。男であろうが女であろうが関係ない。ちょっぴり口もとが緩んでくるような相手が、いつもそばにいてくれたらそれでいい。血の繋がらない肉親、それが京の求めているものだった。

「京さん、どこへ向かっているの？」

窓の向こうの闇に目を遣りながら、香澄が尋ねた。

「奥多摩の方。山の中にはいったところに、死体を埋めるにはもってこいの場所があるのよ」

国立《くにたち》・府中《ふちゅう》インターで高速を降り、甲州《こうしゅう》街道からそのまま新奥多摩《しんおくたま》街道へはいる。青梅《おうめ》から成木街道《なりきかいどう》を北上すると、埼玉《さいたま》県入間《いるま》郡の山間部に出る。秩父《ちちぶ》、武甲山《ぶこうさん》の裏手の山の中だ。

目指すところにたどり着くと車を降り、二人して懸命に穴を掘った。一番の問題である浜口を、とにかく地面の下に埋めてしまうことが先決だと考えた。まさか山の中で火をつける訳にはいかない。血のついた衣類は、帰りに川原に回って燃やしてしまうつもりだった。

次第次第に、汗が滝のように流れだす。目にはいってくる汗を袖で拭いながら、京は夢中で穴を掘った。ちらりと香澄を見遣る。彼女も水でもかぶったみたいにずぶ濡れで、髪をべったり頭に張りつかせながら、一心不乱に穴を掘っている。ちょうどゴミ置場にうずくまっていた時と同じような様子だった。まだ少し前のことでしかない。けれども京の胸にはあの晩のことが、妙な懐かしさをもって思い出されていた。

「さあ。このぐらい掘れば、もういいでしょう」

京は浜口のからだを、穴の中に転がし入れた。上から二人で土をかぶせて踏み固める。その頃には汗もたいがい出尽くして、もう拭う必要もなくなっていた。

人心地ついたような思いに顔を上げて辺りを見ると、闇に若干の甘さが漂いだし、雑木林の中をうっすらと白い靄《もや》が流れはじめていた。じきに夜が明けてくる。

「長居は禁物。いこう、香澄ちゃん」

「うん……」

頷きながらもすぐには足を動かそうとはせず、香澄は浜口を埋めた地面のすぐ脇にしゃがみ込んだ。神妙な面持ちで、静かに掌を合わせて目を瞑《つぶ》る。脇に黙って立ったまま、しばらくの間京は待った。しかし、なおも香澄の瞑目《めいもく》は続く。

「さ、香澄ちゃん、行くわよ」

待ちかねて、京は声をかけた。

「………」

死んでなおつき纏っているのは、やはり香澄の方かもしれない――京の胸にそんな思いが漂う。

「あの人ったら、とうとうこんな山の中で、ひとりぼっちになっちゃって……」

呟く香澄の声に、未練の色が滲んでいた。

「それは自業自得ってものよ。悪いのは自分、あの男よ。さあ、早く車に戻りましょ」

(それに浜口はひとりぼっちなんかじゃないから安心なさい)

京は心の中で香澄に囁いていた。

(すぐ近くにもう一人、同じような男が眠っているから浜口だって寂しくないし、退屈することもないでしょうよ)

京の視線がふと下がった。思いが自然とうちへ向かっていた。今は香澄も動顚《どうてん》している。だがいつか、映画のワンシーンのようにありありと、この晩のことを思い出す時がくるだろう。その時はじめて、あれこれ不思議に思うに違いない。どうして京が死体を埋めるには絶好の場所を承知していたのか、どうして迷うことなく一直線にそこに車を走らせることができたのか、どうして穴掘りにはお誂《あつら》え向《む》きのスコップが車に積んであったのか……。

殺すほどのことはなかった――今となれば京も思う。冷静に振り返ってみるなら、本多はこれまで出逢ってきた男たちに比べれば、それほどたちの悪い男ではなかった。彼はいつか浅美が言ったみたいに、男と女の情にからめて、少々まとまった金を引っ張ろうとしただけのことだ。しかし京には、男にはいつも失望ばかりさせられてきたという過去がある。その一方で、女としての華がまだ辛うじて残っているうちに、少しはまともな男と出逢い、ほんのちょっぴりでいいから女の幸せみたいなものを味わってみたいと、なおも愚かな望みを捨てきれずにいた。男に自分を預け、身も心も温もりたい――彼はそんな心の隙につけ込んできた。

本多のしたことは、京の中の憎しみのグラスに一滴二滴、水を垂らした程度のことだったかもしれない。だが、既に限度まで達していたグラスの水は、それで一気に溢れだした。本多がとうとう金のことを口にした時、京も香澄と同様、自分自身を失った。この男もか――。

刹那、京の顔ががらりと変わった。菩薩と夜叉、京にも二つの顔がある。頭の中で光が弾け、目の前が真っ赤に染まった。稲荷の幟と同じ血の赤を、京は自分の目の中に見たと思った。からだの芯に火がついて、血が業火となって燃え盛る。焼けるような怒りがすべてを圧倒し、自分でも訳がわからぬまま、男という生きものに対する憎しみすべてを、本多一人にぶつけてしまっていた。我に返った時、目の前には天を睨むように白目を剝《む》いた本多が身を横たえていた。割れた頭、額から流れる赤黒い血――。

朧月の晩に出逢った易者に、京は自分が犯した罪を見抜かれたと思った。埋めても隠しても、ここに承知している人間がいるぞといわんばかりに、自分の前に現れた気がして恐ろしかったのだ。だから心のどこかで、ずっとあの易者の影を引きずり続けてきた。

息を吐いて自分の思いを振り切ると、京は再び香澄と車に乗り込んだ。今度は川原へ向けて車を走らせる。クーラーを入れた。全身に気持ち悪いぐらいびっしょりと、ぬめった汗を掻いていた。

少し走ると、香澄が、あ、と小さく声を発した。

「ん？　何？」

ちらりと横目で香澄を見遣る。

「お月さま……」

「え？　月？」

いくぶん闇の青が薄くなった空に、白い影のような月が浮かんでいた。細く、覚束《おぼつか》なげな月だ。京は不意に、自分がいつも誰と肩を並べて夜空を仰いでいたのか気がついた。江戸の世の隣人は、京や香澄を左門町に招《よ》んだ女だ。その月を、今は香澄と見上げている。

月の影に、易者の顔がぼんやりと重なって見えた。ハンドルを握ったまま、京は心の中で、バキュンと月を撃ち落とした。

NOBODY

＊

ふとんにくたりと身を横たえていた老女が、不意にわずかにその首をもたげた。

（あ、生きてた）

もちろん、老女が本当に死んでいないことは、伸子《のぶこ》にだってわかっていた。ただ、それまで失神しているみたいに身じろぎひとつしなかったから、そんな言葉が頭をよぎったのかもしれない。

「……今、何時？」

うっすらと目を開いて老女が言った。

「夕方の、六時ちょっと過ぎですけど」

徐々に夕暮れ時が早まってきているのを肌で感じたのだろうか、それとも寝続けていて、さすがに咽喉《のど》の渇きか空腹を覚えたのだろうか……そんなことを思って言葉を口にしかけたところに、続けて老女が伸子に言った。

「六時……ラジオ、つけてくれない？」

「ラジオ、ですか」

「うん。スイッチ入れてくれればかかるから」

言いながら、顎《あご》で場所を示そうとするように、老女がちょっと頭を動かした。たしかに、示す方向に四角いラジオがあった。言われた通りにスイッチを入れる。

『さあ、今夜もリスナーみんなからの、電話、ファクス、メールでのリクエスト、どんどんかけていきますよお。えー、次は浦和《うらわ》のとろすけからのリクエスト……』

ラジオから、いきなり活気のある声が溢れてきた。明快で滑舌のいいラジオのDJ特有の喋りを、伸子もずいぶん久しぶりに耳にした思いがした。

（そうか、この人、ずっとこんなふうに過ごしてきたんだ……）

伸子は、再び枕に頭を預けて瞼《まぶた》を閉じた老女の白い顔に目を遣《や》った。単に白いと言うよりも、蠟《ろう》のような不思議な光沢感のある肌をしていた。

老女には、もはやテレビ画面に目を据え続けているだけの気力がない。かといって、何も音がないというのは寂しい。誰かと電話で話をすることもなくなったが、ラジオをつければ、まるで自分に向かって話しかけてくれているかのような人声に接することができる。

「浦和のとろすけ」とやらのリクエストで、ザ・ビートルズの「ＨＥＬＰ！」が流れはじめた。

〝Ｈｅｌｐ！　誰か〈ｓｏｍｅｂｏｄｙ〉の助けが必要なんだ――〟

「今日はかかるかしらねえ……それともかからないかしら」

目を瞑《つぶ》ったまま、老女がぼそりと言った。

「え？」

「私、何度かリクエストしてるの。かかったこともある。『オーリク』だけよ、うんと古い曲でも何でもかけてくれるのは」

たぶん、本当は、「オールリクエスト」とかいう名前の番組なのだろう。

「あの、何をリクエストされたんですか」

やや控えめに伸子は尋ねた。

「『赤いハンカチ』……石原裕次郎《いしはらゆうじろう》の。映画の歌、浅丘《あさおか》ルリ子と共演した——」

「赤いハンカチ」——耳にしたことがあるような気はした。石原裕次郎も知っているし、彼独特の歌声も覚えている。だが、さすがに曲は頭に浮かんでこなかった。

「『銀座《ぎんざ》の恋の物語』とか、あの時代の。――そう、いい時代もあったのよ」

老女の言ういい時代というのが、この国にとってなのか、それとも自分にとってなのか、伸子には判断しかねた。が、何となく、後者の意味で言っているような感じがした。

「今はこんなになっちゃったけど、私にもいい時代があったのよ」

――。

喋るだけでも体力を消耗するのだろう。力尽きたと言わんばかりに、老女の首から力が脱けた。

「『赤いハンカチ』、もしかかったら、起こして差し上げますから」

伸子の言葉に、おぼろな笑みが老女の顔の上を、束の間ゆたりと漂ったように見えた。

「あ、そうだ。何というお名前でリクエストされたんですか」

慌ててつけ足すように問いかけると、老女は目を閉じたまま、「千《ち》代《よ》栄《え》……」と力ない声で言った。唇の動きもほとんどなく、口のなかで呟いているような声だった。

千代栄――老女の本名だ。

命の灯火《ともしび》も消えかかり、いまや朽ち果てようとしているこの老女にも名前がある。当たり前のことだ。伸子も呼びかける時には「おばあちゃん」ではなく「千代栄伯母さん」と言っている。にもかかわらず、その事実を老女本人から改めて突きつけられた気がして、伸子はやや茫然たる心地になった。

もう一度、老女の白い顔に目を落とす。何だか作り物みたいな顔をしていると思った。息はしているのか、たしかに心臓は鼓動しているのか……顔を近づけ、直《じか》にからだに触れてみなければ、確信が持てないような顔だった。

今、自分の前に身を横たえているのは、内村《うちむら》千代栄という名の老女――認識し直すように思ってみたが、何としてもしっくりこない。

〝Ｈｅｌｐ！　誰か〈ｓｏｍｅｂｏｄｙ〉の助けが必要なんだ――〟

ラジオはすでにＤＪのトークに切り替わっている。けれども、伸子の耳には、依然として「ＨＥＬＰ！」が流れ続けていた。

1

途中から、話はほとんど聞いていなかった。かたちばかりの相槌《あいづち》を打ち、降り注いでくる言葉を右から左に受け流す。ただ、ナイフとフォークを動かしてものを口へと運ぶかたわら、伸子はなかば盗み見るように、ピンクに塗られた真紀《まき》の唇に、時折ちらりと目を遣ったりしていた。絶え間なく言葉を紡ぎ、弛《たゆ》むことなく食べ物を取り込み……実際よく動く唇だと、内心呆《あき》れるようだった。

「これ、トングって言うのかな、それともピンチかな」

エスカルゴを専用の器具で挟みながら、もののついでのように真紀が言った。伸子は返事をしなかった。どうせ独り言みたいなものだ。伸子がトングと答えようがピンチと答えようが、たぶん真紀にはどっちでもいい。

赤ワインを飲みながら、生ハムとトマトのサラダ、イベリコ豚のワイン煮、そしてエスカルゴのオーブン焼きと食べ進んできた。これだけオリーブオイルを使った料理を口にしてきたというのに、真紀の唇は食前とほぼ変わりなく、濡れたような艶《つや》を帯びたピンクの発色を保ち続けている。

（ぷるうる唇……）

きっとウォーターシャイニーとか何とかいう、どこかのブランドのリップだろう。昔から真紀は大のブランド好きだ。クララ化成から通信企業に鞍替えした真紀は、今ではなかなかの高給取りだと聞く。「梨枝《りえ》ったら、すごい荒れようだったんだから。『シノワーズ』での年忘れパーティーの時はまだしも、カラオケルームに行ってからがひどくてね」真紀はエスカルゴを奥歯で咀嚼しながら言った。「何だかんだ言いつつ、梨枝はやっぱりテクノと結婚するつもりでいたのよ。それがクリスマスを目前にしての突然の破局。梨枝、べろんべろんに酔っ払いながら、暗い曲ばっかり繰り返し歌ってさ。最後は苑子《そのこ》が車で送って行ったけど」

真紀、梨枝、苑子、みんなクララ化成時代の伸子の同期だ。「テクノ」などと、つき合っている相手を勤務先の社名の一部や、SEとか職種で呼ぶのが、クララ同期の仲間うちでの習わしだった。

「テクノとは六年って言ってたかな。ま、三十二になってての破局は、たしかに痛いわね」

その一件なら、伸子もすでに承知していた。なぜなら、「シノワーズ」での年忘れパーティーには、伸子も参加していたからだ。最後のカラオケルームにまでつき合った。それどころか、正体なく酔っ払って腰が抜けたようになった梨枝を、江古田《えこだ》のマンションまでタクシーで送って行ったのも苑子ではなく伸子だ。ただ、真紀がそれを忘れているだけ。

「あ、きたわ。パエジャ。おいしそう」弾んだ声で真紀が言った。

「今日はこの魚介のパエジャが何だか無性に食べたくてね」

違う、忘れたんじゃない――真紀の言葉に薄ぼんやりとした笑みをもって応えながら、伸子は頭の端で思っていた。

パーティー当夜、伸子は真紀の眼中になかった。したがって真紀の意識になく、当然記憶にも残っていない。恐らくそれが正解だ。だからといって、真紀のことを無神経だとか薄情だとか、非難する気持ちは伸子になかった。いつものことだ。慣れている。それに真紀に限ったことではない。いつだって伸子はその他大勢……いてもいなくても同じというポジションにある。

「え、嘘。あの時、伸ちゃんいた？」

子供の頃から概《おおむ》ねそんな扱いで、中学生の時は同級生の男子から「ユーレイ」という綽名《あだな》をつけられた。三年二組、三十九名の頭数には一応はいっていたものの、今では伸子のことを覚えている人間などいないのではないか。子供の頃からひょろっと背が高かった。だから、目立っていいはずなのだが、なぜだかつるりと見落とされる。

「肉体がない。つまり存在がない。だからｎｏｂｏｄｙなんです」

――中学校の英語教師が、ｎｏｂｏｄｙの意味をそう説明したことが、今でも伸子の記憶に妙に鮮明に残っている。

クララでは、商品管理部に所属していた。地味な部署だ。が、そこでの仕事は几帳面《きちょうめん》かつ的確にこなしていたつもりだ。有能とまでは言わないものの、それなりに優良な社員だったと思う。けれども、上司から呼ばれる時は大概、「あ、ええと、内村さん」だった。新入社員でも「瀬戸可南《せとかな》ちゃん」などとすぐにフルネームでてくるのに、伸子となると「あ」なり「ええと」なりを頭につけなければ苗字もでてこない。悪気がないのはわかっていた。でも、飲み会などの部のイベントからもよく抜かされた。

「あっ、ごめんなさい。どうしよう。昨日、内村さんにも声かけようと思って忘れてた」

翌日になってからそんなことを言われる。所属部署でもそんな程度の存在感だ。会社全体となればなおさらだった。

「え、内村さん？　内村さんってどの人だろ？　あの背が高くて髪の長い人？」

「もしかして、あのちょっと顔色のよくない背の高い人のこと？」

身長だけは百六十九センチある。もしも伸子が人と変わらぬ背丈だったら、きっと「誰？　それ」「いた？　そんな人」になっていたことだろう。それでいて、急に仕事が立て込んで、どうにもこうにもならなくなると「内村さん」――そういう時だけすいと名前を呼ばれる。「内村さん、悪いけど今日、残業してもらえる？　横浜《よこはま》支店から急ぎの出荷依頼がはいっちゃって」

「倉庫部で、検品作業にどうしても人手が要るって。内村さん、倉庫部に応援に行って」

小学校は六年で終わりがくる。中・高は三年、大学は四年だ。かたや会社生活は、なかなか終わりがこない。定年まで三十何年などと考えだすと、まるで無間《むげん》地獄に思えて眩暈《めまい》がした。だから、伸子は学校を卒業するみたいに会社を移った。

クララを辞めてから六年以上になる。なのにいまだに伸子にも誘いがかかるのは、真紀や梨枝を中心とした女性同期七名の仲がよかったのと、今もクララに勤め続けている人間がいるからだ。同期は七名、そのうちの一名が内村伸子という名の女。たぶんそれだけのこと。

「うー、おいしかった」

食べるだけ食べ、喋りたいだけ喋ると、真紀はウエイターにチェックの合図をして、カードでさらりと支払いを済ませた。

「いいのかしら、ご馳走になっちゃって」

伸子がいくらかおずおずとした様子で尋ねると、真紀は鷹揚《おうよう》に笑って頷いた。

「もちろん。今夜は私が呼びだしたんだし、第一あなたは今、無職なんだから」

今夜、真紀は誰かと話をしながら食事がしたかった。何よりパエジャが食べたかった。けれども、パエジャは一人前では頼めない。それで伸子に白羽の矢を立てた。無職とあって伸子は暇だ。きっと誘いを断るまい。それに伸子相手なら、壁に話しているのと同じぐらい、好き勝手に話ができる——。

員数合わせや、こんな時ばかりのsomebody。でも、伸子は、そうしたことにも慣れっこだった。

2

「そういえば、あのおばあちゃんの件、どうなった？　無事に片づいたの？」

店をでて、いざ別れるという段になってから真紀に問われて、伸子はわずかに目を見開いた。以前自分が話したことを、真紀が覚えていたのがちょっとばかり意外だった。

「あ、うん。お蔭さまであれは何とか……」

「そう。ならよかった」

いたって曖昧《あいまい》な返答だったにもかかわらず、真紀はすぐさま納得し、

「それじゃ、またね」と、半分闇に溶けながら手を振った。伸子に尋ねたのも、思いつきか気まぐれみたいなものだったのだろう。

あのおばあちゃん——内村千代栄、義理の伯母と言ったらいいのだろうか、血縁ではないが、伸子とは縁戚と言える続柄にある七十八歳

の老女だった。

「行徳《ぎょうとく》の千代栄さん、どうもよくないみたいなのよ」

父・衛《まもる》の姉である真知子《まちこ》から、母の憩子《けいこ》のところにそんな電話がかかってきたのは、昨夏の盛りの頃だった。

「困ったわ。下関《しものせき》の豊《ゆたか》ちゃんに言ってもどうせ無駄に決まっているし、かといって、放っておく訳にもいかないし」

千代栄は、衛とは十六も歳の離れた長兄の妻だ。長兄の義弘《よしひろ》はすでにない。義弘には豊という一人息子がいるのだが、千代栄は後妻なので豊と血のつながりはない。何よりも二人は反りが合わず、豊は千代栄いやさに家を出て、遂には東京まで離れてしまったという。下関で水産加工場を営んでいる家に婿入りするような恰好であちらに根を下ろしてから、もう何年ぐらいになるのだろう。豊もすでに五十五か六という年齢だ。二人の子供も成人している。

「千代栄さん、身寄りが誰もいないからねえ。——お宅は西荻窪《にしおぎくぼ》だから、東西線《とうざいせん》だか何だかで、行徳まで一本で行けるんじゃないの？」

真知子から電話を受けた途端、父も母も、夏のさなかに突如秋風に見舞われたような顔つきになった。千代栄は、昔水商売をやっていたとかで、少々癖のある女だった。だから、父も母も苦手にしていた。義弘の弟妹のなかで千代栄と一番つき合いがあったのが真知子だが、いよいよとなれば真知子も腰が退《ひ》ける。そこでまわってきたお鉢だった。

自分も数えで七十、足腰の具合も思わしくないし、家は横浜《よこはま》とあって千葉《ちば》までは遠い……加えて真知子は、自分の娘たちのことまで持ちだした。長女の綾《あや》は結婚していて二人の子供があるから家を空けられない。次女の千秋《ちあき》は仕事で土日も返上という状態だから、とても頼めたものでない――。

綾は、伸子の六つ年上の従姉《いとこ》になる。綾の夫は東大出の銀行マンで、勤め先のメガバンクでも順調にエリートコースを歩んでいると聞く。晴海《はるみ》に新築のマンションを買ったのも、まだ三十半ばになるかならないかの時だったはずだ。

「よかったら一度遊びにきて」

誰かの法事の席で顔を合わせた時だ。綾は軽い調子で伸子に言った。

「眺めはいいのよ。ただ、いざ住んでみたら、思いがけず海風が強かったのが誤算だったけど」かすかに眉を寄せて言ってから、綾はちらりと視線を下の子の真凛《まりん》へと走らせた。「まあ、セキュリティが万全というのが一番の条件だったから、べつに構わないんだけど。何しろ物騒な世のなかでしょ？　子供……とりわけ女の子がいるとね」

その頃小学校に上がったばかりだったと思うが、綾の視線の先の真凛は、すいと背筋をのばし、大人顔負けの澄まし顔で坐《すわ》っていた。紺のワンピースの襟《えり》に施された白いリボンの飾りが、ただでさえ整った真凛の顔を、いっそう可憐《かれん》に見せていたのを思い出す。

「馬鹿みたいと思うかもしれないけど、仲子ちゃんも結婚して子供ができたらわかるわ。母親って、結局自分のことは後まわし。で、『子供、子供』になっちゃうのよ」

言いながら、綾は顔に薄い苦笑を浮かべて見せたが、それは甘い苦笑だった。同時に、ゆるくウエーブがつけられた綾の髪の下、うなじのあたりから、レール・デュ・タンの香りが匂い立ち、伸子の鼻先をかすめていった。真凜はもちろん、綾は上の子の裕介《ゆうすけ》も、小学校から有名私立に通わせている。

「最後はまた綾ちゃん一家の自慢話」真知子からの電話を終えると、憩子はうんざり顔で衛にぼやいた。「いやだわ。お義姉《ねえ》さんたら、まるでこっちはみんな暇だと言わんばかり。だけど私、行徳なんて行ったこともないもの。住所を聞いたところで、無事にたどり着けるかどうかもわからないし……」

ひとしきりぼやいてから、憩子は突然のようにすいとその顔を伸子に向けた。

「そうだ、伸ちゃん。あなた、一遍様子を見てきてよ」

クララを退社してから工業素材会社に勤め直したが、そこも二年ほどで辞めた。以降、一戸建ての家が都内にあるのをいいことに、伸子は不労の身で実家に寄生し続けてきた。父が定年退職したばかりの両親は、ダンスだ、ハイキングだ、と日頃自分たちの趣味に忙しい。兄の陸男《りくお》は、目下大阪《おおさか》勤務だが、勤め先は優良企業だし、結婚もしている。何よりも自分たちがまだ六十代と元気なので、親たちは先のことを心配していない。「伸ちゃんは変わり者だから」のひと言で、ふだん伸子のことは眼中にない。両親も、伸子を半分いないもののようにしておいた方が、周囲に対して体裁がいいのかもしれない。あれは二階の亡霊みたいなもの——。

（なのに、こんな時ばっかり……。困った時、誰も引き受け手がいない時の伸ちゃん）

一度つきかけた溜息も、溜息になる前に萎《しぼ》んでいった。

渋々だ。本当に渋々といった心境で訪ねてみると、行徳の千代栄のところは、目を覆うようだった。千代栄自身はもはや干物のようになってしまっていて、その日一日自分の身を処すだけで精一杯という有様だ。だから1DKのアパートの部屋は、日用品や衣類、雑貨……それにあれやこれやのゴミで足の踏み場もなく、まさしく荒れ放題だった。一応エアコンはあるのだが、何せ時代ものに近い旧型だから、音ばかりが盛大で、風はでていても冷風になっていない。記録的猛暑と言われる夏にあってそんな部屋にいたら、健康な人間だって病気になる。

「一遍様子を」と憩子は言ったが、一度行けばそれでことが済む状況ではとうていなかった。医者に連れて行くにも、健康保険証はどこか、かかりつけの病院はあるのか、着替えはどこか……そこからはじめなくてはならなかったし、部屋もまさかそのままという訳にはいかない。かくして伸子は、やむなく行徳に通うことになった。

千代栄に関わらざるを得なかったことで、伸子は多少なりとも老人医療の現場を垣間《かいま》見ることになった。病院は、一度そこで大手術をしたとか持病があって長年かかっているとか……自分のところとなにがしかの縁がなければ、死にゆく老人をなかなか受け入れてはくれない。

素人《しろうと》目にも、この状態で自宅療養などとても無理だとわかるのに、千代栄も二、三日入院してちょっと容体が落ち着くと、すぐに病院を追いだされた。

本当に体力が限界まできていたのだろう。千代栄は短い入退院を繰り返したのち、季節が本格的な秋へと移行した頃、老木が朽ちるように亡くなった。ただし、伸子はそれでお役御免にはならなかった。後処理がある。一番事情を心得ているのは伸子だからと、遺品の整理や処分、それに部屋の片づけ役を押しつけられた。

「もちろんかかった費用だけじゃない。豊ちゃんには伸ちゃんに、それなりのお手当てをきちんとだしてくれるよう話しておくから」

真知子は伸子に言ったたし、たしかに一切が終了すると、豊から礼金として十万という金が届いた。が、仲子がその一件に費やしたのは、八月から十一月までの約三ヵ月半だ。一人の人間の、七十八年の人生の総決算もした。とうてい割に合う仕事ではなかった。

「ほんと、仲ちゃんのお蔭で助かった」「千代栄さんはもちろんだけど、アパートの大家さんもどうしたものかと頭を悩ませていたみたいだから、きっと感謝してるわ」「ご苦労さま。ああ、これでようやく一段落。安心した」……直後は、親族から仲子の労をねぎらう言葉が聞かれた。だが、それもかたちばかりの葬儀が済んでしまうとすぐに聞かれなくなった。

こうして仲子は、親族においてもあっという間にｎｏｂｏｄｙに戻った。衛や憩子にしてもその方がいいのだ。娘を姪《めい》たちと比べられたくない。たとえば、千秋。伸子よりふたつ歳上の千秋はいまだ独身だが、ウェブカタログの編集の仕事をしている。

「ああ、よかった、間に合った。もう終わっちゃったんじゃないかと焦っちゃった」

千代栄の通夜の晩だ。式もそろそろ終わろうかという段になって、千秋は斎場に姿を現した。

「まったく。間に合わないかと思ってはらはらしたのはこっちだわよ」真知子はファンデーションが乗った眉間に浅い皺《しわ》を作って言った。

「あなたはいつだってそうなんだから」

「今日は三時から日本橋《にほんばし》で打ち合わせだったから、余裕だと思ってたのよ。それが思いがけず長引いちゃって」

千秋はやや憎々しげな様子で真知子に言ってから、伸子たちの方に顔を向けた。うって変わったような愛想のいい顔になっていた。

「叔父さん、叔母さん、どうもご無沙汰しています。伸子ちゃんも久しぶり。——あ、出先からそのままきちゃったもので、こんな恰好ですみません」

グレーのパンツスーツにシルバーエナメルの大ぶりのショルダーバッグ。決して派手な出で立ちではなかったし、通夜にふさわしくない服装ということもなかった。ただ、千秋は、いかにも仕事をしている女というスタイルをしていた。スーツはすっきりとしていて一見シンプルに見えるが、恐らくカルバン・クラインあたりの品だろう。シルバーエナメルのバッグもマニッシュなら、腕にしている時計もマニッシュ。恐らく有名ブランドの品だろう。

一時期、真紀のブランド好きに同期みんなが感化された。仲子もその例外ではなかったが、仲子がブランドのバッグを持つと、なぜかバッグが歩いているみたいになる。だから、ブランド品は……ほんのちょっぴり恨めしい。

「千秋ちゃん、お仕事忙しいみたいね」仲子は言った。「土日も出勤することが多いって、真知子伯母さんが」

「うん。何せカタログに載せる商品は次から次でしょ？　それを一人でこなしているようなものだから、徹夜になることも多くって」言いながら、千秋はストレートの長い髪を搔き上げた。「そもそも人間が足りないのよ。わかっているんだけど、うちみたいな中小零細はね」

徹夜作業に土日返上……まさに仕事、仕事という日常だ。それでいて、栗色に染められた千秋の髪はいたって艶《つや》やかだったし、髪を掻き上げた手にもきれいにつけ爪が施されていた。メイクについては言うまでもない。肌は陶器のように滑らかだったし、眉のラインひとつとっても、千秋は見事に隙なく仕上げていた。

「伸子ちゃんは、今、仕事していないんだっけ?」

とくに尋ねるというふうでもなく、千秋が言った。

「うん。求職中……って言うか、無職」

「フリーか。いいな。伸子ちゃんちは西荻だし、叔父さんたちも寛容だもんね。うちはとにかく親がうるさくて」

言ってから、千秋は顎で真知子を示すような素振りを見せた。が、べつに千秋は真知子がうるさいから働いている訳ではない。もちろん、無職の伸子をほんの少しも羨んでもいない。だからといって、伸子も千秋を羨ましいとは思わなかった。ただ、一瞬、胸の端にちくりと痛みを覚えただけだ。それは、指に刺さった棘《とげ》の痛みに少し似ていた。

3

「フリーか。いいな。伸子ちゃんちは西荻だし、叔父さんたちも寛容だもんね」

千代栄の通夜の晩、千秋は言った。似たようなことは、クララの同期たちも口にする。

「伸子はいいよね。家が東京にあるし、ご両親も元気だから働かなくて済んで」

たしかに、自宅通勤の上に無趣味で、これといった贅沢もしてこなかったから、働かなくてもすぐに金に困るということはなかった。かといって、働かずにいたら貯金は目減りしていく一方だ。家は経済的に不自由はしていないが、伸子の代まで安泰というような資産家ではない。本来、成人した娘を遊ばせている余裕はないし、先々の食《く》い扶《ぶ》持《ち》までとなれば当然面倒を見かねる。だが、伸子は自分の部屋でじっとしていることに、いつしかすっかり慣れてしまった。当初は、時間を持て余すこともあるにはあった。でも、パソコンが時間潰しのいい友人になってくれたし、ＤＶＤを観たり本を読んだり……一日なんて、案外簡単に過ぎていくものだとすぐにわかった。それに伸子は、ひきこもりではない。街歩きをしたり図書館に行ったり、半日外を出歩けば、余計に一日はたやすく消化される。

「K大をでてるんだし、あなた、頭はいいんだから」

「今からだって探せば働き口はあるだろう」

両親も、思い出したように伸子に言う。が、自分たちがこれまでどうにかなってきたせいか、さほど危機感はない。むしろ、時として身が震えるような危機感を覚えることがあったのは伸子自身だ。

今はいい。けれども、大阪の陸男夫婦も、いずれ東京に帰ってくる。陸男のところに子供ができて、この西荻窪の家を二世帯住宅に建て替えて同居しようなどという話にでもなれば、伸子はたちまち居場所を失う。

「あーあ、私も伸子みたいに東京に家があったら、仕事しないで何年か遊んでるんだけどな」

「私も、せめて結婚前の半年ぐらいは、働かないで自由に優雅に暮らしていたい。でも、そうもいかない。東京って、住んでるだけでお金がかかるようにできてるんだもの。いいよなあ、伸子は」

彼女たちにしても、本心から言っている訳ではない。それぐらいわかっている。伸子も、思いどころか言葉さえ彼女たちの耳に届くかどうかわからないので、あえては口にしない。それでも、安易に「いいな、いいな」と言われると、彼女たちにこう問うてみたい気持ちにもなった。

「あなたたちは、近所の飼い猫が羨ましくて泣いたことがある？」
――。

隣家にタホという名前の猫がいる。濡れ縁がタホの領分で、天気のいい日などはひがな濡れ縁でのほほんと過ごしている。動作もゆったりしているが、その顔に不安や恐れは微塵《みじん》もなく、緩みきったくつろぎがあるのみだ。

（いいな。あの子は先のことなんか何も心配していない。私も猫に生まれればよかった）

窓からじっとタホの姿を眺めているうち、涙がはらりとこぼれ落ちたことがあった。タホが羨ましかったからというよりも、本気で猫を羨んでいる自分自身が情けなくも惨めだったからだろう。

大義名分がある人間はいい。仲子も、もしもきちんとした職に就いていたら、あるいは綾のように結婚していたら、千代栄の世話など間違っても引き受けたりしなかった。貧乏くじだとわかっていて、誰がわざわざそれを引くだろう。そもそも親や親戚たちも、仲子を当てにはしなかったはずだ。

（でも、それも、みんなもう過去のこと）

気持ちを切り換えるように、仲子は心持ち唇を引き結んだ。

実際、千代栄の一件は、貧乏くじの最たるものだった。が、いざ引いてみると、仲子にとっても思いがけないことに、千代栄はただの貧乏くじではなかった。その証拠に、千代栄と三ヵ月半を過ごした今、仲子はさほど先を憂いていない。同期を羨む気持ちもない。タホに至っては言うまでもない。

（貧乏くじが、宝くじに換わることもある）

伸子は心で呟いた。

もちろん、一等大当たりなどというのは無理だ。だが、小さく当たりを狙ったら、貧乏くじを当たりくじに換えることもできる。

伸子は、パソコンの電源を入れた。パソコンが立ち上がるまでの間、髪をゴムで束ねるかたわら鏡に向かう。

外に出る訳でもなければ人に会う訳でもないから、何も化粧はしていない。だから、顔には彩りがなく、感情を窺わせる表情もまたなかった。髪も目も肌も表情も、何もかもがサンドベージュに霞んでいる。

それでよかった。

（さ、仕事）

表情のない顔のまま鏡を離れ、伸子は静かにパソコンの前に腰を下ろした。

4

「病院で、ちゃんと面倒を見てもらえる年寄りは、お金持ちとえらい人と有名人」

ＪＲ中央線で新宿に向かいながら、伸子は千代栄の言葉を思い出していた。

「子供や孫に面倒を見てもらえるのは、お金持ちの年寄りだけ」

まだ最初の頃だ。ちょうど病院で点滴をしてもらった後だったから、多少元気がでたのかもしれない。その日、千代栄はよく喋った。

「あとはみんな一緒だけど、子供もなければお金もない――なかでも私みたいなのは最低ね。ゴミとおんなじ」

夫の義弘が亡くなったのは十五年前だ。その時、豊と遺産分割をした。以来、基本的な生活費は年金で賄《まかな》ってきた。でも、それだけではどうしたって足りない。足りない分や不測、不可避の出費については、貯金を切り崩す恰好で義弘の遺産を充《あ》ててきた。虫がちびちびと葉を食《は》むように、長い年月をかけて貯金を食い潰しつつやってきたということだ。

「あと何年でお迎えがくるかがわかったら本当に楽なんだけど、そうはいかないのが人間の厄介《やっかい》なところで……」

いくら倹約して暮らしていても、生きていればでていくものはでていく。千代栄はできるだけ生活を切り詰めて、こぢんまりと暮らしてきた。が、次第に年老いてめっきり体力も落ち、気づくと今度はアパートから動こうにも動けなくなっていた。からだの具合が悪くなってくると、みるみる部屋が荒れていくのがわかったが、それを自力で何とかすることもできない。人を頼むにも、部屋の惨状を晒《さら》すのが憚《はばか》られる思いだったし、誰かに部屋にはいられるのも落ち着かない。こうなれば、あとは野となれ、山となれ――千代栄は行徳のアパートの部屋で、ひとり野垂《のた》れ死《じ》にする覚悟でいた。

「そこにあなたがやってきた。どうしてかしら、あなたには見られてもあんまり恥ずかしいと思わなかったし、安心して眠れた。私、仏様ってているのかも、と思ったりしたわ」

もちろん、伸子は仏様の使いでも何でもない。ただ、存在感が稀薄で、いてもいなくても同じという伸子の宿命的な本質は、老い先短い老女の目にも明らかだったということだ。

伸子からすれば、当初千代栄の世話はまさに苦役《くえき》、うんざりするようなお務めでしかなかった。が、ある時点から、単に苦役というだけではなくなった。医者に連れて行くと言うと、思いがけないところから健康保険証がでてきたり、現金がでてきたり……ちょっと大袈裟《おおげさ》に言うならば、だんだんマジックでも見ているような気分になってきたのだ。

だいたい手近なところというのがこのマジックの基本だが、使い込んだ小汚いものというのも外せない要素だった。千代栄の場合だと、まずは擦り切れて中綿のでかかったキルティングの小さな手提《てさ》げだ。

「え？　保険証？……そこ、そこの手提げ」

伸子が問うと、千代栄はふとんに身を横たえたまま卓袱台《ちゃぶだい》の下の方に手をのばした。

「えっ、これ？　この手提げのなかですか？」

その古びた布の手提げには、何年分もの電気やガスなどの領収証が束となって収められていたが、健康保険証や年金手帳といったものもあった。たぶん千代栄にとっては、電気やガスの領収証も、保険証に等しいほどの重要性を持つものだったのだろう。たしかに何か手違いがあって、「料金を払っていないから電気を止める」とでも言われた時、小さな紙きれは、ライフラインを維持する切り札になる。高齢者というのは、ある面とびきり几帳面で心配性なのだ。それでいて、となんでもなくずぼらでもある。その手提げは卓袱台の下に、ティッシュやゴミ箱、古新聞にレジ袋といったものと一緒くたに置かれていた。見ようによってはただのゴミだ。何がはいっているのか知らない人なら捨ててしまう。

次が、タンスに吊るされた外套《がいとう》と呼びたくなるような年代もののオーバーコートだった。もともと大きな内ポケットがふたつあったことから思いついたのだろうが、まだ多少元気があった頃、千代栄はそのオーバーコートの内側に、自分でいくつもの袋を縫いつけた。銀行の預金通帳やカードなどといったものは、全部それらの袋に仕分けされて収められていた。

わずかばかりの現金のはいった財布や部屋の鍵は、何と下駄箱の靴のなかだった。これもきれいな靴ではない。さんざん履き込んだどた靴だ。

最初のうちは、まずはきょとんと目を見開き、次に「どうしてこんなところに？」と首を傾げる思いだったが、そのうち伸子にも、パターンのようなものがわかってきた。

今はからだに合わなくなってしまっているに違いないが、そのオーバーコートもどた靴も、かつて千代栄にとっては最も着心地がよく、履きやすかった品だということだ。キルティングの手提げにしても同様で、千代栄にはこの手提げが、一番使い勝手がよかったのだろう。どれも千代栄愛用の品。なみなみならぬ愛着があるものばかりだから、千代栄本人が誤ってこれらを廃棄することはない。したがって、収められたものが失われることもない。加えて、火事や地震といった災害に見舞われた時、あのオーバーコートを着てどた靴を履き、キルティングの手提げさえ持って逃げれば何とかなるという思いも、千代栄の頭にはあったようだ。それにもうひとつ、自分が親しんだものでなければ、その存在を忘れてしまう。クロゼットの奥を覗き込んで、ああ、こんなバッグがあったんだと、その時まですっかり忘れていた経験は伸子にもある。が、そういうことでは、いかにきれいでものがよくても、いざという時役に立たない。

手提げが置かれているのが卓袱台の下だったのも、そこが畳の上でふとんに寝ている千代栄の目につきやすい場所だったからだ。常に目にしていなかったら、その存在なり在《あ》り処《か》なりを忘れてしまう。そうなると厄介だからと、何でも手近に置くようになり、結果としてあれもこれもが入り乱れて部屋が散らかる。

ある程度パターンが摑めてくると楽だった。千代栄の目線、千代栄の習性、それに部屋での最低限の日常生活の範囲でものを考えてみると、だいたいのことがわかった。

ＪＲ中央線に揺られながら、伸子はちょっと天を仰ぐように視線を空《くう》に放った。

豊から、礼金として十万を受け取った。だが、伸子が手にしたものはそれだけではない。ほかに現金で二百二十万——。

「あと何年でお迎えがくるかがわかったら本当に楽なんだけど……」

千代栄は言った。

裏返せばそれは、こんなに弱ってもまだ二、三年は生き続けるかもしれない、十年生き続けないとも限らないという懸念を、いつになっても拭い去ることができないということだ。その可能性を考えるから、何とか寿命が尽きる日までの金は残しておこうと考える。

米の買い置きもせいぜい五合かそこらというところなら、冷蔵庫のなかにもほとんどものがはいっておらず、千代栄の暮らしは貧窮を極めているように見えた。事実、ものとゴミが散乱する部屋で、千代栄は半分行き倒れているような状態だった。だからといって、千代栄が金を持っていなかったということではない。いわゆるタンス預金の類《たぐい》もあったが、ふたつの銀行の口座にも、それぞれまだ百万単位の残高があった。公共料金の引き落としは、今はゆうちょ銀行になった郵便貯金の口座から行なわれていたので、その通帳やカードは豊に渡した。ふたつの銀行のうち、片方についてもそのようにした。だが、病院にかかるためや買い物をするため、伸子が直接千代栄から預かったもう一方の銀行の通帳やカードは渡さなかった。タンス預金に至っては完全にフリーだ。だからそれも頂戴した。

豊の手に渡った金は、三百万弱というところだったが、豊にしてみれば、千代栄がまだ三百万近い金を持っていたことは驚きだったろうし、これで物の処分代や葬式代が賄えると、胸を撫で下ろしたことだろう。

現金以外で伸子が手にしたのは、十八金やプラチナのネックレスや指輪といった貴金属類だ。もちろん自分で使うつもりはなかったから、それらは地金《じがね》として業者に売った。

千代栄が蓄えていた金は、銀行なりゆうちょなりから回収できたからいい。が、もしも伸子がいなかったらどうなっていただろう。業者が部屋にはいれば、あんな古いオーバーコートは処分されていたに決まっている。千代栄を見ていたからこそ伸子は思う。独居老人のなかには貯金など一銭もないようでいて、その実《じつ》最後の虎の子を残したまま死んでしまった人間が、案外大勢いるのではないか。金融機関はしばしの間沈黙を守り、時を待って金を闇の金庫に収めるのみだ。これまでそんなふうにして金融機関の闇金庫に溶けていった金が、全部でどれぐらいあることか。

（みすみす銀行に寄付するなんて……冗談じゃない）

唇を噛む思いで眉を顰《ひそ》めた直後、目のなかでぴかっと光が弾けた。

その時、伸子は思った。もしかして、これって金脈？——。

ひとりでに、千代栄の顔が脳裏に浮かんだ。

（あの人には、いろいろ教えてもらったな）

今でも伸子は、時々あの夕刻のことを思い出す。千代栄がラジオをつけてと言った日のことだ。千代栄は自分がリクエストした石原裕次郎の「赤いハンカチ」がかかるのを楽しみに待ちながらも、ラジオを聞き続けているだけの体力がなく、くたっと枕に頭を預けて目を閉じてしまった。あの時の、千代栄の蠟のような光沢のある白い顔――。

正直、生きた人間の顔とは思えなかった。顔からも肉が削げ落ちてしまっていたから、鼻骨や頬骨が浮かび上がって見え、じっと凝視していると、薄い皮の下の頭蓋骨そのものを見ている心地になった。この老女がいまだ千代栄という名前を有しているということが、伸子は何とも不思議でならなかった。たぶんそれは、自分の目の前に横たわっているのが、老いた女でもなければ人間でもなく、ただの骸骨として映っていたからに違いない。

「人間、死ねばみな骸骨」――そんな言葉が頭にふと思い浮かんだのは、帰りの東西線の車内だった。以前に読んだ仏教か何かの本に、そんな一節があったのだろう。千代栄はかろうじてまだ生きていたが、あの時点ですでに骸骨の域にあった。

伸子がその言葉の意味を実感として捉えられるようになったのは、千代栄が亡くなった後のことだ。通夜に現れた千秋が、いかにぱりっとしていて流行りのメイクで決めていても、伸子はかつてのような引け目を覚えなかった。むしろ、通夜にわが身を飾る千秋に毒を感じた。綾の夫が東大出のエリートであろうが、綾一家がウォーターフロントのマンションでセレブもどきの暮らしをしていようが、それも伸子には関係ない。真紀と会った時にしても同様だ。伸子は真紀を羨ましいとは思わなかった。ただ、ピンクに塗られた真紀の唇が、それだけ独立した生き物のように動くのを、半分呆れながら見ていただけだ。

恐らく一人の老女が衰え死んでいくさまを、この目でしかと見届けたからだろう。いくら高価なコスメやブランド品で身を飾り立ててみたところで、いずれはみな同じということが、伸子は身にしみてわかった。「死ねば」どころか、十年もしたら「オバサン」の一語でひと括《くく》りにされる。さらに十年、二十年経《た》てば「ババア」だ。そのひと言の下《もと》、化粧どころか個性の果てまで剝《は》ぎ取《と》られる。骸骨になるのを待つまでもなかった。

千代栄の一件で金は得た。今も密かに稼いでいる。だが、伸子は、それをコスメや服飾に使うつもりはまったくなかった。色も飾りも要らない。いてもいなくても同じ——これまで通り、自分は影みたいな存在でいい。

電車が新宿駅に到着しつつあるのを見て、伸子はバッグを肩にかけ直して立ち上がった。今日は相談者と会う約束になっていた。仲子にとっては開業四人目のクライアントとなるはずの相談者だった。

5

西武新宿線を、西武柳沢《やなぎさわ》駅で下車した。駅から歩いて七分ほどのところにあるアパートに、柴原勲《しばはらいさお》は暮らしていた。

(西東京市……昔の保谷《ほうや》市か)

駅の階段を降りて町に立ち、仲子は周囲を見渡した。東京としては、田舎町と言っていいのではないか。緑が多く、駅前はこざっぱりとしてきれいだが、周辺には小さな商店や飲食店があり、民家が並び……

こぢんまりとした生活感の感じられる町だった。

柴原勲、享年八十四――仲子の四人目のクライアントである北本靖子《きたもとやすこ》の実父だ。勲は、十五年近い月日をこの保谷町のアパートで一人で過ごし、誰に看取《みと》られることもなく、ひとり静かに死んでいった。

「姉は仙台、私は福知山《ふくちやま》。時々交替で様子は見にきていたんですけど」新宿の喫茶店で会った時、靖子は仲子に語った。「実のところ、父の暮らしぶりはさっぱり。男の人って、自分からあれこれ言いませんでしょ。こまめにノートをつけていたという記憶だけはあるんですけど、そのノートも見当たらなくて……部屋を片づけようにも、私もそうそう東京に泊り込んでいられませんし」

その柴原勲の部屋が、今日の仲子の仕事先だった。

（勲さんが越してきた頃は、まだ保谷市って言ってたんだろうな）

一般的な整理、清掃業者や不用品処理業者のほかに遺品処理業者というのがいる――仲子はネットでそのことを知った。それだけ世間には一人暮らしの人間が多く、孤独死していく人間が多いということだろう。それとはべつに、現代人は、たとえ相手が家族であっても、他者との間に距離を必要とするようになっているということもある。皮膚感覚での距離感だ。つまり、死んだ家族の身のまわりの品を目にするのはつらくてせつないという人間もいれば、何となく触るのが憚られるし気持ちが悪いという人間もいるということだ。加えて現代人は忙しい。時間がない。

仲子も千代栄の部屋の片づけでは、最終的には業者を頼んだ。女一人の力では、家具や家電は運びだせない。処分に持っていく先もない。業者は手慣れたもので、想像していたよりもはるかに短時間で部屋のなかはきれいさっぱり空っぽになった。費用もたいしてかからなかった。むろんそれは、あらかじめ伸子が、自分で捨てられるものは捨て、整理をつけていたからにほかならない。

千代栄の件が落着したのち、伸子がネットを介してはじめたのがその仕事だった。遺品処理業ではなく、遺品整理業。千代栄の場合と同じく、最後はどうしても処理業者を頼まざるを得ない。伸子がやるのは、その前段階の整理だ。

最初から処理業者を頼めば話は早い。でも、ゴミが溢れた荒れ放題の部屋に、いきなり処理業者を入れるのはためらわれるという人もいる。家族の恥は自分の恥——日本人的な発想だ。それに、ゴミは個人情報の宝庫だ。業者に雑な整理と処分をされることで、思いがけない情報が世間に流出して、被害を受けたり、他人に被害を及ぼすことが恐ろしい。死んだ人間がなにがしかの事情を抱えていたり、問題含みの行動をしていたと疑われる場合はなおさらだ。身内の旧悪の露見は不面目の極みだ。かといって、とてもではないが、自分では整理しかねる。

伸子は、メールや電話での相談だけでなく、直接会っての相談も無料にした。一度自分の姿を直接相手に見てもらった方が、成約に至りやすいと考えたからだ。口数が少なく、影の薄い三十代の真面目そうな女性。この人なら、きっと仕事はていねいで、秘密も守ってくれるだろうし、法外な請求をしてくることもないだろう――相手は大概そう思う。

秘密厳守はもちろんだが、伸子は、几帳面かつ綿密に連絡をとることを、自分の仕事の〝売り〟にした。電話でのやりとりもするが、伸子は現場にノートパソコンやデジカメを持ち込んで、エクセルで次々遺品リストを作成しては、メールでクライアントに送信する。クライアントには、保管を希望するものにだけチェックをして返送してもらうシステムだ。リストの文言だけでは、先方にはそれがどういうものだかわからない場合がある。そういう時のためのデジカメだった。パソコンでのやりとりが不都合ということであれば、携帯、ファクス、郵送でのやりとりにも応じる。

そして、伸子のもうひとつの〝売り〟が、家族でさえも関知していない、故人の通帳、印鑑、カードといった金融機関に関わる品の発見と確保だった。

一般的に遺品処理業者は、1DK、2DKなどという部屋のだいたいの広さによって、最低ラインの基本料金を設けている。個々の不用品の処分にかかる費用はまた別だ。一方、伸子は時間給だ。時給千五百円。家事サービスでも時給三千円を取る今の時代にあって、決して高い料金ではない。伸子は下見の段階で、整理に何時間かかるか概算して見積りをだし、最終的な不用品の処分については処理業者の領分になることを先方に告げる。また、金融機関に関するものの発見や調査などについては、別途料金が発生する場合があることを、あらかじめ先方にきちんと説明しておく。それで納得してもらえれば契約成立だ。

業者に頼めば、1DKや2K程度の狭い部屋でも、処分費込みで三、四十万はかかる。伸子の場合はだいたいその三分の一だ。特別料金が発生しても、一件につき三万円程度。整理がきめ細かい上、費用の節約にもなる。

ただし、伸子も、依頼があれば何でも引き受けるという訳ではない。孤独死した独居老人というのが基本条件だ。中途半端な年齢の人間は駄目だ。ことに自殺、他殺、事故死などの場合は生々しすぎて手に負いかねるし、個々の案件から学ぶことも少ない。高齢者なら高齢者と、得意分野を持っていた方が強みになる。

清和ハウス一〇四号室——靖子から預かった鍵でドアを開け、仲子は柴原勲の部屋にはいった。瞬間、思わずちょっと顔を顰《しか》めた。たしかに、部屋はあれやこれやの物やゴミで溢れ、無秩序にごちゃごちゃと散らかっているように見える。この状況を目にしただけで、靖子が放擲《ほうてき》してしまったのもわからなくはない。が、それにもまして靖子を辟易《へきえき》させたのは、匂いだったのではないか。部屋にはゴミの匂いとはまたべつの、一種独特のいやな匂いがした。勲は、死後数日経ってから発見されたと聞く。腐りかけた人間が残していった匂い、死臭だ。それでも大事なものはないかと、靖子も一度はひっ掻きまわしてみたのだろう。単に散らかっているだけでなく、軽く荒らされたような形跡が窺われた。

部屋にはいると、伸子はまずは何もしない。しばらくそこに身を置いて、部屋のなかをじっと眺め渡しながら、今は亡きこの部屋の主が、日々どう過ごしていたかに思いを馳せる。それが伸子のやり方だった。汚れた薄っぺらなふとんも敷きっ放しなら、ふとんの周辺には脱いだ服がいくつもの山を作っている。ふとんも服も、汗と脂で薄黒い。床の上にはゴミのはいったレジ袋……ぼうっと眺める伸子の目の端を、小さな黒い物体がよぎっていく。ゴキブリだった。部屋が雑然かつ混沌としていることは事実だし、不潔であることもまた事実だ。が、足の踏み場がないというほどではなかった。わずかだが、床や畳には空いているスペースがある。そのスペースが、言わば勲の生活動線のようなものだろう。それを頼りに、部屋で営まれていた勲の暮らしを想像してみる。

朝、目を覚ましてのったりと身を起こし、ふとんの上に坐ったまま、のそのそと着替えをする姿。後頭部が薄くなった白髪頭。台所に立ち、小鍋に湯を沸かす痩せた背中。食卓の上の、ジャーから茶碗につがれたご飯、タッパにはいった青菜、わかめの味噌汁。食卓に着き、テレビと向き合い、やや背を丸め気味にして箸を動かす姿。食卓の端に置かれた老眼鏡と朝刊……。黙って部屋を眺めていると、次第にそうした光景が、伸子の脳裏に浮かんでくる。イメージが明確になってくるのを待ってから、やおら伸子は立ち上がった。

トイレのドアを開けてみる。トイレの床には、一面新聞紙が敷きつめてあった。一見、荒れ果てた異様な光景と映ったが、すぐにそうではないと思い直した。反対だ。勲はトイレの床は、いつもきれいにしておきたかったのだ。だが、気力、体力が失われてくると、掃除をするのも大儀になる。それで新聞紙を敷くことにした。

（新聞紙さえ捨てたら、床はきれいなままだものね。勲さん、まだ元気がある頃は、自炊もしてた。本当はきちんとした人だったのよね。大丈夫、私がちゃんと片づけるから）

伸子は心で勲に囁《ささや》きかけて、次は台所に立った。

（いつもここに坐って、一人でご飯を食べてた。そうでしょ？　書きものなんかもこの食卓でしてた。使っていたのは……鉛筆とボールペンね。その鉛筆やノートはどこ？）

つましい暮らしを営む老人にとっては、一九九二年のダイアリーがそのまま一九九二年のダイアリーになるとは限らない。一九九二年にもらったダイアリーを後生大事にとっておいて、十五年も経った二〇〇七年に備忘録として使いはじめることもある。ダイレクトメールのなかの注文用の封筒も、封筒であることに変わりはない。当座の金をその封筒に入れておくこともある……。千代栄との三ヵ月半である程度学習したということもあるが、死んでいった老人に心で語りかけていると、まるで相手から返事があったかのように、不思議とあれこれわかってきたりする。

（え？　食器棚の小抽斗《こひきだし》？　そこに大事なものがはいってるの？）

勲の声に応えるように小抽斗を開けてみて、伸子はぎょっと目を剝《む》いた。はいっていたのは入れ歯だった。驚きの色をゆっくりと覆うように、伸子の顔に苦笑が滲む。

（そうよね。とっても大事なものよね。だって入れ歯がないとご飯が食べられない）

死者が大事だと言っているのだ。こうしたものには、やはり供養が必要だ。それが真のクライアントである死者に対する、伸子のせめてもの誠意というものだろう。

携帯が鳴った。画面を見る。電話は、伸子の前回のクライアント、佐野直純《さのなおずみ》からだった。

「あ、内村さんですか。先日お世話になった佐野ですが」伸子が電話を取ると、直純が言った。「あの、実は、先だってお願いした件の流れで、内村さんにちょっとご相談が。伯母の預金に関することなんですが」

直純は、過日七十三歳で亡くなった佐野蔦枝《つたえ》の甥《おい》だ。小平市《こだいら》で一人暮らしをしていた蔦枝に子供はなく、近い身寄りは七十二歳になる義弟の直志《ただし》と、彼の息子の直純だけだった。

「カードは内村さんに見つけていただきましたけれど、ここだけの話、暗証番号がわからないもので、どうにもこうにも面倒なことになっていまして……」

「わかりました」直純の言葉に応えて、さらりと伸子は言った。「ご都合のいい日時に、銀行に同行させていただきます」

「え？　同行って、内村さん、暗証番号がおわかりになるんですか」

「後でメモを見てみますが、たぶんだいたいの見当はつくと思います」

仲子は、あえて明言を避けた言い方をした。

「ああ、それは助かります。——ええと、それが最初にご説明いただいた、特別料金に当たる訳ですよね？」

確認するように直純が言った。

「ええ。でも、私が見当をつけた番号が合っていればの話です。合っていなければ、料金は発生しません」

待ち合わせの日時と場所を決めてから、仲子は直純からの電話を切った。

通帳がない場合、故人の口座にどれだけ預金があるのか、残高照会をするにも暗証番号が必要になる。暗証番号がわからないからといって、窓口で「口座名義人が亡くなったので」などとまともに言えば、即刻預金は凍結され、すぐには金を動かせなくなる。通帳での引き出しにも本人確認が求められる時代だから、カードが見つからないというのはこれまた困る。故人の金を動かすのは、相続が確定してその手続きが済んでから、というのが決まりだが、故人との関係性が薄ければ薄いほど、葬儀費用や物の処分その他にかかる費用は、自分の財布からではなく故人の財布からだしたいと考えるのが人情だ。故人が残した遺産の額によっては、葬儀や法要の規模や程度も考え直さなくてはならない。直純も、暗証番号がわからないばっかりに、現金での蔦枝の遺産額が把握できずに困っているのだろう。直接遺品の整理に当たったからこそ、暗証番号の見当がつくということがある。伸子が金融機関に関わる特別料金として設定しているもののひとつが、この暗証番号の割り出しだった。

(ごめんなさいね、ちょっと中断しちゃった)

一度心で勲に詫び、頭を電話から目の前の現実へと切り替えてから、伸子は再び勲の暮らしに思いを戻した。

(入れ歯も大事。本当はお棺に入れてあげるべきものだったのよね。入れ歯は私がお寺さんに持って行きます。だから、教えて。いつもつけてたノートはどこ？　それも勲さんには大事なものよね)

心でひたすら語りかけ、声なき声に耳を傾ける。

(あ、お菓子の箱……そうか、勲さん、あのお菓子の箱を文箱《ふばこ》代わりに使っていたのね)

開けてみると、思った通りにノートや筆箱がでてきた。「当たり」を引き当てた思いに、おのずと伸子の顔が緩む。こうしたノートに記された数字のなかに、暗証番号を解く手がかりが隠されていたりする。

蔦枝の場合は、美空ひばりだった。レコード、CD、ブロマイド、ポスター、サイン入りの本やハンカチ、ショーのプログラムにチケットの半券、会場で販売されていたグッズ……ファンというのはこれほどまでかと驚くぐらいに、蔦枝は美空ひばりに関するものを集めていたし、どれもきれいに保管していた。昔からの大ファンで、蔦枝にとっては、ひばりが永遠のアイドルだったのだろう。思えばひばりは、蔦枝と同世代だ。ともに青春時代を歩んだわがアイドル——。

それもリストにして送信したが、直純はすべてを廃棄処分とした。

クライアントが廃棄と決めたものは、故人の個人情報を含むものでない限り、捨てるも売るも伸子の自由だ。ためしにネットオークションに出品してみたところ、いくつかのものには値がついて、伸子は全部で十三万ほどの現金を手にすることができた。子も孫もない、熱狂的なひばりのファンの蔦枝のこと、暗証番号もひばりに因《ちな》んだものに違いない、と伸子は踏んだ。実際に、ひとつは密かに試してもみた。0529——案の定、ひばりの誕生日でビンゴだった。ほかに考えられる数字があるとすれば、0624と0411、ひばりの命日と、東京ドームでの伝説の復活コンサートの日だ。「不死鳥」——東京ドームでのコンサートには、蔦枝も足を運んだ証跡がある。

（私の仕事って、死んだ人と話をすることなのかも）

菓子箱のなかに収められていた勲のノートをめくりながら伸子は思った。

(誰かに言っておきたかったことを、聞いてあげること)

死んだ老人が残した宝を掘り起こしにやってきた盗掘者のようなものだ。褒められたものではないかもしれない。それでもゴミとして捨てられたり、銀行の闇の金庫に溶けてしまうぐらいなら、伸子に掘り起こされた方が少しはいいと、老人たちも納得してくれるのではないだろうか。蔦枝のひばりグッズにしても同様だ。自分と同じファンの手に渡ったのだ。蔦枝もただ捨てられてしまうよりはよかったと、許してくれるのではあるまいか。

(そんなの私の言い訳？　屁理屈《へりくつ》？　そんなことないわよね)

仲子は三十二年と七ヵ月、生きた人間たちのなかで過ごしてきた。仲子も生きた人間の一人としてだ。ところが、三十二年と七ヵ月、いつも仲子はnobody、死者同然の扱いをされてきた。somebodyにされるのは、貧乏くじを引かされる時だけ。

千代栄に関わった三ヵ月半という月日の後、仲子は自らnobodyであることを選択することに決めた。ふだんは影でもユーレイでも何でもいい。ただ仲子は、自分がsomebodyになりたい時にsomebodyになる。死者にとってのsomebodyだ。現実に仲子の手を必要とし、仲子を金で雇っているのは、生きた人間たちかもしれない。だが、仲子を本当に必要としているのは、たぶん沈黙したまま死んでいった老人たちだろう。

こうして勲が暮らしていた部屋に身を置いて、彼が残したノートを読んでいてもわかる。勲は本来、几帳面で頑固なしっかり者だった。が、だんだんノートの日付は飛び飛びになり、字にも力がなくなっていっている。新聞も、昨年九月に、今月いっぱいでとるのをやめたと記されている。新聞を読むのさえつらくなってきたということもあったろうが、古新聞を整理する体力がなくなっていたのだ。部屋の角の古新聞の小山が、それを物語っている。何十年も新聞をとり続けていた人間が新聞をやめる……何とか猛暑をやり過ごしはしたものの、勲のからだがどれほどしんどかったかが察せられようというものだ。そのことを、離れて暮らす実の娘にも口にすることができず、勲はこの部屋でひとり、どう自らと対峙《たいじ》し、どのように耐えていたことか。

（どんなにしっかりした人だって、寂しかったたし、不安だったはずよ。怖かったはずよ）

エネルギーが尽き、身の内側からずぶずぶ自分が崩落していく。しかも、今しも自分が滑り落ちようとしているのは死の淵だ。

故人が最期の時を迎えた場所で、遺品を整理している仲子にだからこそ感じられることがある。一方で、いつも仲子は彼らから教えられる。勲も、仲子に語りかけてきている。誰だって、死ぬのは怖くて恐ろしい。でも、どんな人間も、最後はちゃんと〝死〟というハードルを越えて無事死んでいっている。そのハードルを、自分だけが越えられないということはない――。

（そうよね）

仲子は、勲に応えるように頷いた。

（死ぬ時は誰だって一人。でも、みんな一人でちゃんと死んでいってる）

ノートを閉じて立ち上がり、仲子はもう一度部屋全体を見渡した。

まずは疑いようのない正真正銘のゴミから片づけてしまうことだった。

整理の見当をつけるのはそれからだ。

〝Ｈｅｌｐ！　誰か〈ｓｏｍｅｂｏｄｙ〉の助けが必要なんだ——〟

ゴミを片づけていて、仲子は自分の頭のなかに、「ＨＥＬＰ！」が流れているのに気がついた。あの夕刻、千代栄の部屋のラジオで耳にしたザ・ビートルズの「ＨＥＬＰ！」だ。

〝Ｈｅｌｐ！　誰でも〈ａｎｙｂｏｄｙ〉いいって訳じゃない——〟

伸子は穏やかな目の色をして、ひとりかすかに頬笑んだ。

(待っててね。散らばっているゴミは、すぐに片づけちゃうから)

次々と手際よくゴミを仕分けして、種類ごとにまとめていく。その伸子の口から、自分でも気づかぬうちに、「HELP!」が小さく漏れだしていた。

〝Help!……Help!……〟

伸子は死者にとってのsomebody、死者は伸子にとってのsomebodyだ。

そう、誰か。だけど、誰でもいいって訳じゃない。

本書は、株式会社中央公論新社のご厚意により、中公文庫『宿敵』を底本としました。但し、頁数の都合により、上巻・下巻の二分冊といたしました。

宿　敵　　上

（大活字本シリーズ）

2019年11月20日発行（限定部数500部）

底　本　中公文庫『宿敵』

定　価　（本体 2,700円＋税）

著　者　明野　照葉

発行者　並木　則康

発行所　社会福祉法人 埼玉福祉会

埼玉県新座市堀ノ内 3—7—31　〒352—0023

電話　048—481—2181

振替　00160—3—24404

印刷製本所　社会福祉法人 埼玉福祉会 印刷事業部

ISBN 978-4-86596-322-9